歳のことなど忘れなさい。

いつまでも自分らしく生きるために

目次

装幀・本文デザイン　鬙田昭彦＋坪井朋子
カバーイラスト　©ANANAS WORKS/WAHA/amanaimages

はじめに

少しばかり足腰に違和感を覚えはじめ、いささか毎日の生活のなかで疲れを感じはじめると、人は異口同音にこんな一言を口にする。

「嫌になっちゃうわよね。もう歳かしら」

私たちは、子供からどういうふうに大人になっていくのだろうか。そして大人から一体、いつ「老人」になってしまうのか。

かくいう私自身は、まったく「歳をとったから……ができない」とか、「もう歳だ」などと思ったことは、これまで一度もないまま、八十八歳を迎えた。

テレビから流れてくるニュースや報道番組のなかで、「日本における高齢者の……」などと言われても、どうも他人事としか思えない。

これは、私がボケたわけでも、やせ我慢をしているわけでもない。偽らざる心境なのだ。

「何を言っているの！　八十過ぎたあなたは、もう、正真正銘の〝老人〟よ！」

という女学校時代の友人の一言に、私は「えっ」と戸惑った。

「少子高齢化」「介護」「終活」といった言葉は、たしかに新聞やテレビでは目にしてはいたものの、その都度、自分には無縁なものとばかりに、関心すら持たなかったのだ。

そこで、私は自分のこれまで歩んできた半生を振り返りつつ、〝老い〟という、私には未知のテーマに挑戦することにした。

本書は、「私は歳をとったなんて思ったことありません」と言い続けている〝老人〟が、「これでも私を老人というの？」とばかりにまとめた、ささやかな抵抗の書である。

ある日のこと、隣にすわっていた女学校以来の友人が、

「もう、歳ねえ」

と呟くのを耳にしたのは、まだ五十代も前半の頃だったと思う。

「えっ、なに？」

と私は聞き返した。彼女が何の話をしているのか、さっぱりわからなかったのだ。

「だって、そうでしょ？　疲れやすくなったし、足ものろくなった。いろいろなことをするのが少しずつおっくうになって……やる気がなくなったとでも言うのかしら……」

一体何がどうなのか、ますますわからない。

「あなた、病気じゃないの？」

「病気じゃないわよ。歳よ！」

「歳って、あなたと私は同い年でしょ？」

「そうよ。でも、五十を過ぎるとねえ……」

わからない。

〝忙しくない日〟など一日たりともなかった

その当時、私は上智大学でフランス語の常勤講師として、毎日忙しい日々を送っていた。

一九五〇（昭和二十五）年、早稲田大学仏文科二年生で結婚した私にとっては、〝忙しくない日〟など、それからの私の人生には、一日たりとも存在しなかった。

一方、東京大学理学部動物学科を卒業し、大学院で二年学んだ夫は、結婚のために退学し、成蹊高校の生物学の教師になっていた。私が卒業したら、二人でアメリカへ留学するつもりだった。

敗戦後わずか八年、日本は現在では考えられないような貧しさのなかにあった。夫の家も私の家もB-29で焼かれていたし、食物も配給制でほんのわずか。敗戦後のみじめな日本の生活を、今でも時々思い出す。空ろな表情の子供たちや、大人たちまでもが、進駐軍のジープを囲み、チョコレートやガムをねだって手をのばしたりしていた。

テレビは、まだない時代。ニュース映画や新聞などで垣間見るアメリカ生活の豊かさに、日本人は強い憧れを抱いていた。廃墟となった東京では、勉強も満足にはできない。勉強するなら、アメリカの大学で！　それが当時の若者たちの夢だった。夫も、発生生物学の勉強をするため、アメリカ留学を志していた。私の専門はフランス文学だった。

そんなある日、知人がよい情報を持ってきてくれた。カリフォルニア大学バークリー校では、その当時、〝学僕制度〟というのがあった。一日三時間家事労働をすると、部屋と食事、大学から徒歩四十分以上なら交通費としてバス代がつく。その町に住むA家が、男女二人の〝学僕留学生〟を探していて、〝留学生ヴィザ〟をとるためのスポンサーにもなってくれるという。

当時、日清製粉の専務をしていた夫の父は、夫の船賃と、二人の一年分の授業料として八百ドルを出してくれると言った。「あとは、自分たちでやれ」とも。飛行機も客船もない当時は、貨物船に数人の客を乗せる〝貨客船〟があった。私の船賃は、焼け残った着物を売って作った。

大学での学業の厳しさ、そしてA家での家事仕事の厳しさについては、私は何冊かの本の中ですでに触れてきた。結果としてはA夫人と私が対立して、一学期でA家を出され、私はパートタイムのメイドや、フルタイムのメイドをしながら、やっとの思いで学業との両立をさせた。

その間に夫は修士号を取り、二年後にはセントルイスのワシントン大学の博士課程に入るとともに、発生生物学の研究者であるフローレンス・モーク助教授の研究助手として、月二百五十ドルを手にすることができるようになった。これでようやく私もパートタイムの仕事だけをして、一九五七年には修士号を頂き、博士課程に進んだ。

その二年後にはフランス北東部のナンシー大学に留学し、大学からの奨学金と、米仏間の往復船代はフランス政府からの支給でまかなった。ナンシー大学へは短期留学で、志していたフランス文学とは別に、当時のヨーロッパが抱える経済的、精神的な課題や、植民地政策なども学ぶことになった。

博士号を取得した夫は、ボルティモアのカーネギー研究所でポスト・ドクトラル・フェローを二年間続け、発生生物学の研究に勤しんだ。そして、娘の僚子も誕生した。

一九六一年、私たちは八年ぶりの帰国をした。しかし、夫の職はなかなか見つからず、ようやく名古屋大学助手として単身赴任。私は夫の初台の実家に娘と残って、紹介された高校生たちに英語を教えながら、早稲田大学の博士課程を修了した。

一九六五年、私たちは四歳になった娘を連れて、再びアメリカへ戻った。州立マサチューセッツ大学から、生物学科のアシスタント・プロフェッサーにならないかという要請を夫が受けたからだった。

ボストンからバスで三時間ほど、上流階級の子弟が通うアマースト・カレッジと、州立マサチューセッツ大学を中心としたこの小さな町での七年間の生活が、自分の人生では最もゆとりのあった時期だと、今になっても思う。

その最大の理由は、夫のお給料だけで生活でき、私が学費を捻出するために働くことから解放されたからだ。家事、子育てをしながらも、フェロー並みの待遇を頂き、フランス中世文学の勉学に励み、英語やフランス語で論文を書くことができたのだ。

私には、いつも〝その人〟がいてくれた

アメリカを主とした十五年の海外生活から、私たちは、多くのことを学んだ。だが、アメリカの永住権を放棄し、一九七二年に日本へ帰ってきた。それは、三菱化成（現三菱化学）が、玉川学園の近くに生命科学研究所を設立し、夫を招いてくれたからだった。発生生物学の基礎科学の研究を多額の研究費に支えてもらいながらできることを、夫はよろこんだ。私もまた、うれしかった。

アメリカで、いくら周囲に受け入れられても、「アメリカは自分の国である」、あるいは「私はこの社会の〝主人〟の一人なのだ」とは思えなかったからだ。

英語しかわからない娘は日本での生活に苦労するだろうが、「苦労するのはよいことだ」と私は考えていた。フルタイムのメイド生活と学業とを両立させたからこそ、自分は強くなったと信じていたからである。私自身は、〝金運〟には恵まれて

はいなかったが、〝人運〟には恵まれていると思う。海外でも日本でも、思わぬ時に〝その人〟が現れてくれるのだ。

祖国に定住できることになった私は、どこかの大学に、まずは非常勤講師として就職したいと願った。

早稲田大学大学院で指導を受けた佐藤輝夫先生はすでに退職しておられ、「自分にはもう力がないから、君の大学院時代の友人たちにたのみ給え。女性は一人も職に就いていないが、男性たちは、すでに助教授、教授になっている」と指示された。私は、履歴書と英語やフランス語の学術誌にのった論文のコピーをもって、彼らを訪ねた。

しかし、そこでわかったのは、私のようなやり方はまったくだめだということだった。業績はもちろん必要だが、先輩や友人たちとのコネが大事だというのだ。

「加藤君、君みたいに独りで海外で勉強して、誰にも仕えず、絆を作らず、『これだけの業績をあげました。これで職をください』なんて言ったって、アメリカとは違って、日本では通らないのだ」

と言われた。

それは本当なのだろうか？　私は履歴書と論文のコピーのセットを、幾つかの私立大学の仏文科あてに送ってみた。彼らの言う通り、どこからも返事はこなかった。

コネの重要性を教えてくれた先輩が、私に電話をかけてきた。

「君はあちこちの大学に働きかけているんだってね。『アメリカ帰りの頭のおかしな女が変なことをしている』と評判だよ。恥になることは止めたまえ」

私は、すっかり気落ちしてしまった。

ところが、まさにその瞬間、〝その人〟が現われたのだ。正確には、〝その人たち〟と、複数である。

〝その人〟は、誰にでも訪れてくれると、私は信じる。愚直に自分の信じる道を歩み続ける人は、必ず報われるはずだ。効率や損得を優先させるのではなく、真面目にこつこつ働き続ける人はめぐり会えるはずなのだ。

上智大学仏文科の学科長、渡辺義愛教授とおっしゃる方から、ちょっと上智までおいでいただきたいと、お電話があったのだ。

すぐにうかがうと、渡辺教授と同科のジャック・ベジノ教授が、私のフランス語の論文を読んで下さったとのこと。

「とてもよいと思いました。本当に非常勤でよいのなら、ここで第二外国語としてのフランス語を担当して下さい」

何ということだろう。業績だけで、私を雇って下さるというのだ！

このご恩を少しでもお返しするためには、私は本気になって学生たちにフランス語力をつけさせなければならない。一九七三年のことであった。

最初の何年かは、学生たちにやる気があった。ところがそのうちに、学生の気質というか、態度が変わってきた。〝学び〟についての考え方が、私と学生たちとでは違っていたのかもしれない。

学ぶ、共に学び合うことの大切さ、つねに自分の知らないことへの好奇心をもつ。子供の頃のように、〝なぜ〟というやわらかな頭脳と感性を忘れず、新しい外国語にチャレンジする。フランス語が読め、聞け、話せるように……。その能力が、いつか世界のどこかで、自分を、そして他人を救えるかもしれないと、私は学生たちに語りかけた。

学生たちは、英語は大切だけれど、第二外国語なんていらない。でも単位をとらないと卒業できないから……といった気持ちだった。そこで、フランス語力をつけさせようと心に決めた私は、ますます厳しくなり、遂に〝鬼の加藤〟と呼ばれるようになった。

大学は、その〝鬼〟に対してやさしかった。非常勤から、一般外国語科の専任講師に任命し、十号館の六階に研究室を下さった。

学長のヨゼフ・ピタウ師は、私の仇名をどこかでお聞きになったのか、または、私が他の方たちと雑談していたときに耳になさったのかもしれない。

ある日、キャンパスで私を見つけると、近づいていらした。私の右手を取り、両方の大きな手で左右からすっぽりと包み、

「カトウ先生、ジョーチには、オニがヒツヨウなんですよ」

と、ゆっくりと、やさしくおっしゃったのだ。どれだけ励まされたかわからない。

この方もまた、〝その人〟だったのだ。

ピタウ師は、教皇ヨハネ・パウロ二世の要請で、一九八一年に日本を去られ、ローマ教皇代理補佐となられた。一九九八年には大司教に叙階。そして二〇〇四年三月には日本へ帰国。だが、脳幹梗塞のため、二〇一四年十二月二十六日に石神井のロヨラハウスで逝去された。ロヨラハウスは、イエズス会日本管区の施設の一つで、高齢聖職者向けのものである。葬儀ミサと告別式は、翌年一月十四日に、聖イグナチオ教会主聖堂で行われた。

ともかく、大学での仕事、家事、娘のためのあれこれの他に、雑事、雑誌記事や本を書くこと、専門分野の勉強や読書、論文の執筆などなどを毎日こなす私にとって、「五十を過ぎるとねえ……歳ねえ……」などという友人の言葉がピンとこなかったのも、無理はあるまい。

年齢を気にしすぎる日本人

カリフォルニア大学に留学していた頃、近所に八十歳は越えたと思われる女性がいた。赤が好きで、よく真っ赤なセーターやスカートなどを着ている。ある日、「ご年配ですのに、とても赤がお似合いですね」と言ってしまって、ひどく叱られたことがあった。「年齢がどうのこうのって、失礼よ」というのである。たしかにそうだ。私はひどく恥じ入った。

そんな体験があったからかもしれないが、日本へ帰ってきて驚いたことの一つに、人が自分や他人の、年齢を非常に気にするという事実だった。

帰国後に、亡き母の郷里の長野へ墓参りに行った。先祖代々の墓が、一カ所に並んでいた。そこで何人かを驚かせたのは、私の真っ赤なスーツケースだった。

「四十にもなって、赤のスーツケースをもっている！」

と言うのだ。こちらも驚いた。八十代になった今でも、私はアメリカで出会ったあの女性のように、真っ赤なセーターを着ている。

新聞や雑誌などの記事に人名が出てくると、その人の年齢が明記されている場合が多い。「映画俳優の渡辺謙（55）がブロードウェーでデビューする」という具合である。

人と出会って交流する場合でも、その人の年齢を知らないと落ち着かないらしい。自分より年上なのか、それとも年下なのか。〝きょうだい〟の話をしても、「お兄様のこと？　弟さんのこと？」と訊ねられる。

他人の年齢を常に意識するということは、自分の年齢を意識することにつながる。歳にふさわしい服装をし、行動をし……と自らを律することを、私は決して悪いと言っているわけではない。ただ、私自身はまったく違うと述べているのだ。

いつのことだったか、「名前と年齢を書いて下さい」と用紙を出されたとき、私は「はい」と勢いよく返事をすると、無意識に「加藤恭子　63歳」と書いた。書き終ってから、「あれ、どこか違う」と気づき、よく考えてみると、私は85歳だった。

6を8に直すのはどうやらできたが、3を5に直すのは案外難しかった。

自分の年齢くらいは、記憶していなければならないと、反省した次第である。だが、それは、知識としてであって、日常生活の中で自分の年齢を意識したことは、これまでまったくない。

明け方の目覚める何秒か前、ウトウトと考えごとをする瞬間がある。

今度は、どの大学に入ろうかな？　どこも入試は難しいと思うけれど……。

などと、夢のような映像が瞼の裏を行き交う。何秒か後に眼がパッと覚めてみると、私は大学も大学院もずっと以前に修了し、今は大学で教えているではないか！愕然とする。他人に言うと冷笑されるにきまっているので、言わないことにしてきた。でも、これが現実なのである。

「もう歳だから……」と発言する人が多いが、どうして「もっと自分のやりたいと思うことに専心したい」といった前向きな発想にならないのだろうか。「もう歳だから、……することができない」というのでは、〝なまけ者〟の言訳にすぎない。「もう歳だから、好きにやらせて」ではいけないのだろうか。

時間は、人間に平等に与えられた資源であり、それをどう使うかは、その人次第である。

娘が乳幼児のときは、私は彼女の用箪笥の上に本とノートを置き、立ったまま勉強をしたものだった。

「キャッキャッ」と歓声を上げる娘を、八畳の和室の隅に運んでいくと、私は急いで反対側の隅の用箪笥のところに急いで戻る。娘はそれを「おあそび」だと喜んで、一生懸命這い這いしながら私の方にやってくる。娘が私の足にかじりつくと、また、私が反対側の隅まで運ぶ、その繰り返し。このわずか十数秒の積み重ねが、私の大切な〝勉強時間〟だったのだ。

この話を大学の授業でするると、学生たちは一斉に、「先生のホラ話がはじまった」と揶揄されたものだった。しかし、これは紛れもない、当時の私の勉強スタイルだった。

それでも私は、前進する

「あなたって、いつも前向きで、後悔なんてしたことはないんでしょ!?」

と友人からよく言われるが、そんなことはない。最大の後悔は、夫の死であった。恵まれた研究環境の中で、秀れた同僚、部下の研究者たちに囲まれ、懸命に研究に打ち込んでいた夫だった。だが、食道癌に侵され、一九八八年四月二十三日に死去した。行年六十三歳だった。三十八年の結婚生活のあと、五十九歳で私は未亡人となった。

気難しく、しかも自己破壊願望のような不安定さを抱えた夫のことが、私は怖かった。何でも好きなようにさせることで、少しでも彼の人生を仕合わせなものにしたいと願った。

毎朝、朝食はベッドへ運び、家庭の生計は私の収入で立てて、夫の収入は自由に使わせ、多量の飲酒と煙草にも何も言わなかった。

私は間違っていた……。

強い後悔が私を襲った。彼のためにと、私がしてきたことは、全部間違っていたのだ。壁紙の色が変わるほどの喫煙や、あちこちに瓶がゴロゴロする飲酒に、敢然と反対すべきであった。彼はすぐに私に手をあげようとする。殴られても殴られても、こちらからも殴り返し、反対すべきであった。

「一体、私はこれまで何をしてきたというのだろう？　彼の人生とは、何だったのか？」

後悔に打ちのめされた私の心に、「彼は、本当にはどういう人間だったのだろう？　私は彼という人間を、わかっていなかったのではないだろうか？」

という苦い疑問が浮んだ。

私は、〝旅〟に出ることにした。夫を知っているすべての人たちに、「彼は、どういう人だったのでしょう？」と問う旅に。

夫の小学校時代の友人にはじまり、中学、高等学校、大学、アメリカの大学院、友人、恩師の方々や親類の人たち、同僚や部下……その人たちの意見を『伴侶の死』という単行本にまとめ、一九八九年に春秋社から刊行された。

「これだけ多くの人々の話を聞いて、あなたはご主人がどういう人間だったか、わかりましたか？」

と質問されたことがあった。答えは、「否」である。三十八年共に生活した人間についてなのに、何もわからなかった。

でも、もうそれでよいことにした。私は独りで、前に向かって歩くことにした。ただ黙って、後悔や悲嘆にくれて無為に時を過ごすのは、誰のためにもならない。

私には、まだまだやるべきことがあった。

そこにもいた〝その人〟

夫の職場は玉川学園の近くにあり、私たちはその近くに家を建てていた。お隣は、山本さん夫妻とお子さん三人の和やかな家庭だった。夫人の敦子さんが、今度は〝その人〟になって下さった。

看病のため一時帰国していた娘もアメリカへ帰り、一軒家と犬二匹をかかえた私は、家を何日も留守にすることはできない。そんな私の長年にわたる希望は、いつの日か、アーサー王伝説にまつわる英国の地を訪れることだった。

フランス文学における私の専門は、十二世紀の作家クレティアン・ド・トロワだった。アーサー王の世界を題材とする五つの作品を残したが、どういう人物なのかよくわかっていないばかりか、英国へ行ったこともないらしい。

名前が〝ド・トロワ〟（トロワの）となっているこの作家は、シャンパーニュ地方のトロワが出身地であったのだろう。フランス国王ルイ七世と王妃アリエノール・ダキテーヌの娘は、マリ・ド・シャンパーニュとして知られているが、クレティアンは彼女の宮廷に出入りを許されたと言われている。また、『聖杯物語』を捧げたフランドル伯フィリップ・ダルザスにも仕えたことがあったと言われているが、はっきりしたことはわからない。

ただ、彼の残した五つの作品『エレックとエニッド』、『クリジェス』、『イヴァン』、『ランスロ』、『聖杯物語』は、アーサー王と騎士たちの世界を生き生きと描きだし、人を魅了する。私もまた、アーサー王世界のとりこになってしまったのだった。

舞台は英国である。英国へ行きたい。アーサー王伝説を実際にたどってみたいと、私は夢見るようになった。

あるとき、アーサー王伝説の話をした私に対し、

「行ってらっしゃい。留守は大丈夫」

敦子夫人はこともなげにそう言って、私の背中を押してくれた。そして私の留守

中、朝になると、家中の雨戸やシャッターを開け、犬に餌をやり、糞は庭に掘った穴に投げ入れ、夕方にはシャッターを閉め、私のアーサー王ゆかりの地探求の旅を可能にして下さったのだ。この経験は、『アーサー王伝説紀行』(中公新書、一九九二年)にまとめた。敦子夫人のおかげであった。

アメリカの大学院から博士号を得て帰国した娘は、一九八九年五月に結婚した。相手は専攻は異なるが、同じ大学でのゼミ仲間だという。鹿児島出身の実に温厚な青年で、私にとっては、よい〝息子〟ができた感じだった。卒業して大手企業のサラリーマンとなっていた彼は、埼玉県の支社に勤めていたので、二人は熊谷のマンションに住み、娘は女子大に助教授の職を得、女の子の孫も生まれた。

そして、東京の国立大学から娘に招聘がきたとき、これはもう私がかなりの手助けをしなければやっていけないと、自分の経験から感じた。

婿と娘が、それぞれの職場にあまり無理をしないで通える場所に、二世帯住宅を建てたらどうだろう。

二人も賛成し、当時はまだ私の上の弟が存命で小さな会社を経営していたので、相談した。私の人生において、私を最も助けてくれた人物は、この弟だったと、彼を失った今にして思う。

弟は、予算その他の点から、埼玉県内で、しかも東京都にアクセスのよい場所を探してくれた。

弟が土地探しを依頼した人物から話はトントン拍子に進み、百坪の土地を入手することができた。

二軒の独立した家屋だが、内部は行き来できる。

山本家、そしてことに敦子夫人にほとんど会えなくなるのは淋しかったが、娘の子育ての手助けをすることが、私の重要な役割りの一つと覚悟していた。

定年を迎えた私に現れた〝その人〟

上智大学での〝鬼の加藤〟としての私の仕事も、そろそろ定年が近づいていた。

上智大学では、専任教員の定年は六十五歳だった。非常勤になれば、七十歳まで延長できた。だが、フランス語関係にはあきがなく、非常勤にはなれない。大好きだったキャンパスともやがてお別れと、少し淋しい気持ちでぼんやりと研究室の窓から外を眺めたりしていた。

すると、そこに、〝その人〟が現れた。

外国語学部フランス語科の高井道夫先生が、公開学習センター（コミュニティ・カレッジ）の責任者を兼任しておられ、

「定年後は、こちらにいらっしゃいませんか？」

と誘って下さったのだ。

ただ、フランス語教師は必要ないので、「書き方教室などはどうですか?」というお話だった。うれしかった。これで、あと五年、四ツ谷に通うことができる。今は亡き高井先生に、心から感謝している。

「書き方クラス」では、講義の他にも、四百字詰め原稿用紙二枚分のエッセイを、それぞれの受講生に提出してもらった。最初の年の教え子たち中に一人、とびぬけて文章力のある女性がいた。その後、『引導をわたせる医者となれ』(春秋社)、『アインシュタインからの墓碑銘』(出窓社)などの医学者の評伝や医療関係の著作を発表することになる比企寿美子氏である。

教え子の成長を見るのは、本当にうれしいものだ。彼女と私の交流は、文章を書くことだけにとどまらなかった。あれから何十年もたった今振り返ってみると、彼女もまた〝その人〟の一人だったのだ。ご主人の比企能樹先生とともに、お二人で。比企先生は外科医で、北里大学東病院長、日本消化器内視鏡学会、外科系学会などの名誉会長などを歴任なさってきた医学界の泰斗。私が不調のときは、適任の先生へのご紹介、その他のアドバイスで、どれだけ支えてくださったかわからない。

こうして上智の落ち着いたキャンパスの中で、二十三年のフランス語教師の延長を、異なった、しかし好きな主題を中心に、私はたのしく仕事を続けていた。

これまでの私の人生を振り返ってみると、自分の信じる道を愚直に歩み続けてさえいれば、思いがけず、手を差し伸べてくださる人に巡り合えるという、確信に近いものがある。そう、必ず報われると、私は信じている。

〝その人〟には誰もが巡り合えるのだ。学びたいこと、自分の知らないことへの好奇心、「なぜ?」という問いといった、やわらかな頭脳と感性を保つことへの努力さえ失わなければ。

私の頭の中にある小引き出し

しかし、五十代の終りから六十代に入ると、周囲の女友だちの「歳ねえ……」会話は、ますます声高になってきた。男性たちの声があまりとどかないのは、彼らがまだ働いているからなのだろうか？

話題は、自分たちの体力の衰えだけではなく、それに加えて、今度は両親や舅、姑の介護が多くなり、それがいかに大変か、延々と聞かせられる。

「あなたは誰の介護もしていないから、明るい顔をしていられるのよ」

「こっちには、未来とか希望はないのよ。ただ世話するだけ……」

「それにあなたは、身体強健で、体も精神も丈夫にできているから……」

いや、それは違う。確かに精神は〝丈夫〟かもしれないが、体はそうでもないのだ。

小学生の頃から睡眠障害があって、熟睡ができない。睡眠が浅く、夜中に何度も眼が覚める。「ああ、よく眠れた」という夜は、生涯に二、三度あったか、なかったか。こういう状態だと、いつも体の芯は疲れている。用心しないと、すぐ体調を崩す。

だから夜八時以降は肉体労働以外の仕事はしないし、なるべく早く床につくといった注意を怠ることはない。

他人から〝エネルギッシュな人間〟と見られる理由は、ふつうの人より多種多様な仕事をこなし続けているからではないだろうか。それは、四十代でも、六十代でも、八十代でも変らない。

どうしてそういうことができるのかの理由の一つは、私は乱暴だが、やたらに手が早いのだ。山のような食器の洗い物でも、少しくらい汚れが残っていても、さっさと短時間で仕上げてしまう。

もう一つは、一つの仕事から異なった次の仕事への転換が早いのである。

江戸時代の薬屋などにあった、多くの小引き出しのついた漆塗りの大きな薬箪笥のような物が、私の頭脳の中にあるのだ。

それぞれの引き出しには、ラベルが貼ってある。「犬の餌やり、糞の掃除」「孫の様子観察」「皿洗い」「洗濯」「風呂洗い」「○○誌への原稿書き」「運送会社へ荷物をとりにきてもらう電話」「○○社のための本の原稿書きを続ける」「受講生たちのエッセイ原稿の手直し」「ゴミ当番なので、百五十メートルほど離れたゴミ捨て場へ掃除に行く」「次の講義の準備」「ベビー・シッターのための夕食準備」「二、三日で十五通ほどの手紙がきたので、返事を書く」などなど、ラベルつき引き出しはもっとある。

私は、これらの引き出しの開け方が早く、中から〝薬〟をパッと取り出して片づけると、次の引き出しにパッと移る。種類が違うといったことはまったく苦にならない。

皿を洗っている間に雑誌記事の文章は考えているのだから、手をタオルで拭けば、すぐに原稿用紙にむかって書き出すことができる。

身体強健だからではない、実はこのようなちょっとした工夫があったのだ。

右がダメでも左がある

一九九九年に入ってから、右眼の具合が悪くなってきた。見え難いだけではなく、物が二重に見えたり、どうも変だ。遠くまで行く時間はないので、近くの眼科医を探すと、かつて大病院の眼科部長をしておられた方を紹介された。週一回の診察と眼帯を続けたが、ますます悪くなる感じ。先生は、「強度近視ですからね、仕方ないですよ」とおっしゃる。

ある日、娘が知人から、一駅先に開業なさったM先生が、若いけれどとても秀れた眼科医だという情報を仕入れてきた。

早速M医院へ行ってみると、機械が最新なのが目立った。私の右眼を覗き込んだM先生は、「あっ」と息をのんだ。

「これは、黄斑円孔という、かなりの難病です。手術が必要ですが、この手術ができる人はあまりいませんが、私の友人に眼底の専門家がいますから、聞いてみましょう」

そして、数日後に電話があった。千葉県に近い東京都東南部の眼科専門の大きな病院へ行く。そこには、一カ月に一度、A教授という方が手術に来診し、その方なら黄斑円孔も治せるとのこと。M先生のおかげでその病院にかかれたのは、本当にありがたいことであった。

A教授の手術を受けた私は、二〇〇〇年四月十八日から五月九日まで入院した。これはかなり大変な入院だった。というのは、ふつうの入院のようにあおむけに横になることはできず、二十四時間、うつぶせなのだ。ベッドには、顔の辺りに大きな穴があいて、籠のようなものがはめ込んである。そこへ眼帯をした顔を入れて、うつぶせになる。夜中はどうしてもあおむけになってしまうので、看護師さんが何度も見廻りにきて、ひっくり返してくれる。食事も、診療室へ行くのも、すべて背を曲げ、下向きのままである。

こうして二十日間を堪え、眼帯をしたまま家に帰り、あおむけに横になったときには、本当にほっとした。次のA教授の診察日に、私は眼帯のまま病院へ行った。

副院長が機械で私の右眼を覗き込み、「あっ」とおっしゃった。A教授は、若い医師たちに囲まれて奥にすわっていらしたが、近づいて来て機械を覗き込み、「うーん」とおっしゃった。

悪い予感。眼帯をはずしたままの私を、向い側の椅子にすわらせ、周囲の医師たちにも聞こえるようにこう告げた。

「成功しなくて残念です。原因としては、早期ではなく、手遅れになっていたこと。網膜がひとより薄かったこと。本人が高齢であることです。私としては、成功すると考えていたのですが……」

そして、他の医師たちと、暗い診察室から去っていらした。

あれだけの苦しい入院生活のあとで、手術は失敗だったという。まったく見えないわけではないが、周囲がぼんやり見えるだけで、中心部は見えない。もちろん字などは読めない。

この診療室の主は、土田覚先生という方だった。誠実な、そしてひょうひょうとした雰囲気の若い医師だった。これから私の主治医になって下さるのだそうだ。腕や足の一本がどうなってもいい。でも眼は……。

「がっかりしました。眼は、私の商売道具なんです」

涙ぐみながら、私は訴えた。

土田先生は、きっぱりと言われた。

「でもね、左の眼があるじゃありませんか。左を使えばいいんです！」

「え？」

「それにね、片方の眼だけ使ったからって、その眼が悪くなったという統計は、世界にまだありませんよ」

ずっとあとになって考えると、そんな変な統計をとろうとする研究者もいるはずがないと思われるのだが。

「左の眼があるじゃありませんか！」という指摘に、目の前がパッと明るくなり、希望が湧き出た。医師の一言のすばらしさである。

そうだ。左眼を使いまくろう。今までと同じように本を読み、本を書こう！

前へ向かってしっかり歩くように、先生は私の背中を押して下さったのだ。私は心から土田先生に感謝している。

もし教え子たちの誰かが、あの時の私のように沈んでしまったときには、「左の眼があるじゃないですか！」と言えるようになりたい。

三カ月に一度ずつ、左眼の精密検査をすることも、土田先生は約束して下さった。

退職した男たちはどこへ行く？

私の周囲の女性たちへと話題を戻すと、彼女たちの不安や不満は、自分たち自身が〝老いていくこと〟についてだった。以前なら、さっさと片づけられた家事の量が減り、時間がかかる。しかも、すぐ疲れてしまう。（こんなはずない）という不満と（歳をとったからかしら？）という不安が入り交じるのだそうだ。

それが少しずつ、定年退職した配偶者にも向けられるようになった。

「一日中、家にずっといるのよ。自分では何もしないで、こちらがお昼や晩ごはんを作って食べさせなくてはならないので、自由がなくなってしまったわ」

「たまには友だちとデパートへ行ったり、レストランへ行ったりしたいのに、家に縛られている感じ」

つまり、退職した夫がずっと家にいる、それがたまらないということなのだ。私は彼女たちに尋ねた。

「ご主人さま、何か趣味をお持ちではないの？」

するど、こんな返事が返ってくる。

「ないわよ、テレビぐらいしか。それで家にゴロゴロいるでしょ？」

「だって、ご主人は今まであなたたちのために働いて下さったのよ。あなたがレストランに行けたのも、そのおかげだったんでしょ？」

「あなたって、男性の味方ばかりするのね。自分も働き手だと思っているからかしら？」と、話はまったくかみ合わない。

長年勤めた職場を離れるのがどんなに淋しいか、よくわかる。私もあの時に公開学習センターに拾ってもらえなかったら、今のように教え子たちと勉強することはできていなかったはずだ。


それにしても、定年退職した多くの男性たちが、家でゴロゴロばかりして妻に迷惑をかけているというのは、本当なのだろうか？

実際に本人たちに会って話を聞いてみたいが、はじめて会うご主人に、「ご定年で退職なさったそうですが、いつもお宅では……」などと話を切り出すわけにもいかない。

〝オクニノタメニ〟

一九二九（昭和四）年生まれの私は、小学校六年生から、女学校四年生（現高校一年生）までの期間が戦争だった。女学校三年生からは、学徒動員として、工場で銃弾の信管作りに従事していた。毎晩空襲におびえ、クラスの二人は爆弾で亡くなり、一人は病死、三宅坂のわが家も焼失した。文系の学生たちは兵士として徴集され、その中には特攻隊員として、「お国のために」と、死んでいった人たちもいる。

敗戦から四年後の一九四九年に東大協同組合出版部から出版された日本戦没学生手記編集委員会編『きけ　わだつみのこえ　日本戦没学生の手記』は、読者に、そして私に強い感動を与えた。

学徒らしく、日本軍のやり方に対する批判なども記していて、当時の戦争を〝聖戦〟とみなす風潮とは違う考えもみられた。だが、それらを超えて、その奥に感じられるのは、祖国への想いである。ことに特攻隊員として散った学生たちには、それが強い。

新版『きけ　わだつみのこえ』（岩波文庫、二〇〇五年　十八刷）から幾つかを引用する。

「大東亜戦争の必勝を信じ、君たちの多幸を祈り、今までの不孝を御詫びし、さて俺はニッコリ笑って出撃する。今夜は満月だ。沖縄本島の沖合で月見しながら敵を物色し徐ろに突っ込む。勇敢にしかも慎重に死んでみせる」

「日本を昔日の大英帝国の如くせんとする、私の理想は空しく敗れました。この上はただ、日本の自由、独立のため、喜んで命を捧げます」

「私は祖国のために、我が十三期の仲間のために、更に先輩の学徒出身の戦士のために、最後には私のプライドのために生きそして死ぬのである」

涙なしに読める文章ではない。彼らは家族のため、お国のために、敵艦などに体当たりして死んでいった。

この〝オクニノタメニ〟の七文字は、私の頭の中のどこかにこびりつき、私自身の生き方にも影響を与え続けてきた。

戦争中に兵士となった学生たちにとっての「お国のために」は、敵に勝つためであった。戦死した軍人たちのことを、決して忘れることはできない。しかし、ここで言う私の七文字は〝敵〟を作ることではなく、右翼的な意味での〝日本〟でもない。

〝お国〟は、〝他者〟と言い直してもよいかもしれない。

「歳ねぇ」と呟く女性たちにも、「何もすることがない」と感じている男性たちにも、私は言いたいことがある。

「自分自身についてだけ考えるのではなく、〝他者〟のために、自分には何ができるのかを考えてください。そして、それを実行して下さい」と。

この〝他者〟には多くのものが含まれる。

その中には、ありとあらゆる分野が含まれている。朝五時に起きて、家族のために、ニンジン、リンゴ、セロリー、パセリ、トマトなどを使い、ジューサーで大量のジュースを作ることも、家の前の道路の清掃も、娘たちの流しにそのままになっているコップやお皿をざっと洗い、食洗器に入れることも、受講生たちの文章を直したり、講義ノートを作ったり、手紙や文章を書いたりと、営む生活の細部のすべてが含まれている。一日一日の日常を、あの「七文字」のために生き、行動しているような感じなのだ。

自分でもおかしい、と思うこともあるが、いつの間にかそうなってしまった自分がいるのだ。

家でゴロゴロしている男性たちに、

「あなたも、お国のために働いて下さい。何かできることがあるはずです」

などと言ったら、頭がおかしいと思われてしまうに違いない。

でも、本当は、そう言いたいのである。私の心の中にあるあの「七文字」は、あくまでも「お国のために」だが、なぜ〝他のために〟あるいは〝他の人々のために〟と言い替えたかというと、私たちは〝他者〟に支えられて生きているのだからだ。

ただ、「他者のために」は、自己を犠牲にして他につくしてばかりいるという意味ではない。根底には、「それを欲する」自己がある。私自身の場合、もっともっとしたいことがあるのだが、体が弱く体力がないため、敢えて行動を起こさない場合が多い。

したがって、体調には気を遣うが、ただ、年齢については、考えたことがない。

「七十代からは、一年一年、この頃では一カ月ごとに衰えを感じるわね」

などと言う友人たちがいるのだが、現在八十八歳の私は、自分の歳について考えたこともないし、〝衰えた〟とも思っていない。

駅の階段も教え子たちより速く走り上がれるし、重い物も持てるし、働けるし、昔とまったく変わらない。

「強がっている」

と言った友人がいるが、強がっているわけではなく、歳を考えたことがないというのが実感なのだ。アメリカで身につけたスタイルというか、考え方の影響も強いのかもしれないが、自分で何でもできるし、〝他者のために〟、〝オクニノタメニ〟働き続けなければいけないという意志の方が圧倒的に強いのだ。

そこでふと、思いついた。昔の教え子たちとなら、かなり率直に「老いること」に関して話ができるのではないだろうか。それも、私が日本に帰ってきてはじめてフランス語のクラスを担当した当時の学生たちは、ちょうど定年を迎えたところだ。そうだ、彼らに聞いてみよう。

定年になった教え子たちに聞いてみよう

二〇一五年九月十三日のことだった。なつかしいかつての教え子たちが三人、わが家を訪問してくれた。

その〝なつかしさ〟には、格別なものがあった。一九七二年に十五年ぶりに日本に定住し、次の年から上智大学にまず非常勤のフランス語（第二外国語）の教師として職を得たことはすでに触れたが、その最初の年の教え子たちだったのだ。彼らは、卒業に必要な単位以上の、三年間六コースのフランス語を、鬼の加藤の下で勉強した強者たちだ。

一九五二年十一月生まれの関根隆彦は、この時点で六十一歳。上智を一九七六年に卒業して、ショッピングセンター事業会社から医薬会社へ移り、人事部門を経て、製造部門の生産統括部生産企画管理室担当の役員として勤め上げ退職。

同じく一九五二年生まれの東勝一郎も一九七六年に卒業、広告会社に入り、無事勤め上げた。

この二人には、第二外国語のフランス語のクラスで別れて以来、三十八年ぶりの再会であった。ところが、二言三言言葉を交わすと、その何十年かが一挙に縮まり、二、三日前に上智のキャンパスで別れたような感じになってしまった。

三人目の堀井春比古は、二人より一歳年長で、卒業後は大学院に進み、二年後に修士課程を修了し、出版社勤務となった。

そして、サンフランシスコ・クロニクル紙の東京支局長だったマイケル・バーガーと私の英語での討論を日本語でまとめた『日本人を知らないアメリカ人・アメリカ人を知らない日本人』（TBSブリタニカ、一九八七年）、『田島道治――昭和に「奉公」した生涯』（TBSブリタニカ、二〇〇二年）、『直読英語の技術』（阪急コミュニケーションズ、二〇〇五年）などを出してくれた。

さて、目の前でテーブルを囲んでいる三人の教え子たちへ話を戻すと、私は彼らに退職をした企業人の心理などについて聞きたかったのだ。

まず私が、広告会社で営業部門に長く携わった東に、「退職した時はどんな感じでした?」と訊ねると、彼の会社では、定年退職を〝卒業〟というのだそうだ。二年前に「卒業研修」があって、年金がどうなっているとか、辞めたらこうだとか、まず、事前に一泊二日でレクチャーを受ける。これからどういう生活を続けるとすぐに破産するとか、いろいろ厳しいアドバイスも受ける。この研修を受けて、初めて年金のこともよくわかった。例えば、企業年金と厚生年金の違いもわかったそうだ。この研修を経て、定年までの二年間で卒業後の事をあれこれと考える。卒業の心構えもできたと言う。

なるほど、定年とはそのようなものかもしれない。しかし、六十歳以降も働けるのに、そうでない選択したのはどういうことだろう。私の質問に東は答えた。「仕事は大好きだし楽しかったけど、ここでしっかり区切りをつけて、正直、遊びたかった。

〝卒業〟が待ち遠しくて、待ち遠しくて。会社は嫌じゃないけど、自分の時間を持てることがどんなに楽しいか、ものすごく楽しみにしていたので、そのモラトリアムの二年間は充実していた。いざ〝卒業〟となった時も、仲間が温かく送ってくれた。実際長く休むと休み疲れするかと思ったが、そんな事はまったくなく、毎日楽しくて。お酒を飲んで、朝遅く起きても誰にも怒られない。幸せで、幸せでしょうがない、自分がこんなにもなまけ者だったのかと、はじめて気づいて、これからはなまけ者でもいいのかなと思いました」

関根も同感らしく、「四十年近く働いてきたので、なまけ者になってもいいんじゃないですか、自分の意思でやっていることだし」と言う。

東の会社は、六十五歳まで働けるのだが、遊びたい盛りの彼は、潔く〝卒業〟してしまったということだ。

「カミサンと、長期も含め海外旅行をしたり、自由の時間を自由につかって楽しむことができているので、今のところはすごくハッピーです」

関根は、二〇一四年六月に会社を辞めたが、経済的なことは、人事にずっといたので、六十歳から六十五歳までは自分で積んだ自己年金を若い頃から準備していたそうだ。それがあるので、六十五歳まではそれでやっていけるので、今のところ仕事は探していない。

会社に対する気持ちは、やっぱり三十数年人事にいたので、最後の四年間、畑違いの製造の管理者という仕事には、馴染めないところもあったようだ。そのため、退職する時は案外ほっとした気持ちになった反面、人事のかつての同僚とこうした形で別れるのはさみしかった。会社は嫌いでなかったので会社の一員でなくなるのはさみしい思いになったそうだ。

朝起きて出勤しなくなった時の気持ちは?

「昨夜は飲みすぎたなと思いながらも、朝は定時に起き出して、満員電車に揺られながら、通勤しなければならなかったこれまで。そのことから解放されただけでも体も心も楽になりました。『もう一眠りしても……』なんてことが許されるようになったのですから、とてもゆったりした気分です」

それに、いつまでに仕上げなければならない書類とか、「宿題」のようなものが無くなったのは、精神的にも楽になったと言う。

東も関根も、会社に出勤しなくてよくなったということに対して、罪悪感やさみしさはまったくない。逆に、関根は「これまで会社で働いていたウィークデイに普通に買い物をしたり、どこかに出かけたりもできるんです。道路も空いていますし、デパートなども空いていますので、買い物もゆったりとできるので、そういう点では、いいなあという気持ちです」と答えた。

これから、何をするの？

東は、「これからなにをするのか、今は無理して決めなくてもいいんじゃないかな。『何する』というと、『しなければならない』という感じに聞こえるけど、『何をしたいか』ならいっぱいあります。『何する』は、まず健康管理。これは『しなければならない』ですが。自分の体のメンテナンスをきちんとすることが大前提にある。そして『何をしたいか』は、ぼくは旅行が大好きで、日本も外国も、行けなかったところに行きたい。今の一番のテーマは、『行けずに死ねるか、見ないで死ねるか』、そのくらいの気持ちで旅行に行きたい。もう一つは『会わずに死ねるか』です。昔、仲良くしていたけど、遠くにいて、年賀状だけの人に一度は会っておきたいと思います。いろいろな本も読みたいし、とにかく、自分が楽しいと思うことだけをしていきたいと思っています」と言った。

関根は、「私は、これから一番の目標は、老後、自分の体が動かなくなった時どうしようか、というところに向かって、計画を立てていきたい。というのは、父親が今九十一歳で、介護施設に入っています。一年前まで元気に一人で過ごしていたのに、急に自分のことができなくなって、あわてて、介護保険とか、いろいろなことを調べて、施設に入れましたが、本人は急に病気になったためか自覚がないんです。それは、自分が歳をとって、体が動かなくなった時にどうするかという準備をしていなかったことが影響しているのだと思います。私はこの経験から、自分がそうなった時は、せめて自分の状況くらいは理解したいと思いました。だから、そのための計画を立てようと思っているのです。私たちには子供がいないので、妻と二人元気なうちは、協力し合って生活する。具体的にどういうふうにするかは、これから十年くらいのうちにある程度考えて、最終的に一人になったら、介護施設に入ろうかと思っています。そうした準備を、自分の余命、と言っても平均寿命あたりから逆算して生きていこうというのが、大前提としてあります」

関根のこの発言は、お父さまを施設に入れた経験があるからで、当然のことながら、老いや死に対する態度は、その人のそれまでの人生観や、先達のふるまいの影響からのがれられないものなのだろう。

関根は続ける。

「施設に行ってくれるような親ばかりではありません。嫌がる親の方が多いかもしれません。他人の世話になりたくないとか、知らない人たちの間で、わけの分からない体操を皆でさせられたりするのがいやな人もいる。そうすると施設に行けと強制するわけにいきませんよね。そこが難しい。

良い施設で、職員が訓練されていても、介護される側の人たちがそういう心のトレーニングを受けてこないまま、『自分の娘や息子たちが自分たちを看取ってくれるんだろう。それが当たり前でしょ、私たちも親をそうやって看取ってきたのだから』と思っていると、そこに大きなギャップが生まれます。『介護施設には行きたくない』と言われたら、それを強制するわけにはいかなくなってしまうのが現状です」

彼の父は、奥さんを亡くしてから、高齢になるまで、一人暮らしを続けてきた。関根がいろいろ調べて、施設に入ったものの、今でも「家はどうなっている」とか、「そろそろここは、もう出たい」と言われることもたびたびという。

堀井は、どうなのか。

「僕はみんなとちょっと違っていて、最後までジタバタ仕事をしたいと思っています。職業を選んだとき、会社で選ぶというより職種で選んだので、生涯一編集者みたいな、できればずっとこの仕事を続けていきたい。会社は僕にとって、その時その時に、仕事がやりやすい環境を提供してくれる場所。会社を定年で辞めたら、はい〝卒業〟というようにふっきれない。自分のライフワークとして本を作る仕事を続けていきたいと思っています。

もしかしたら、今までは一年に何冊も作っていましたが、二年に一冊しか作れなくなるかもしれない。それでも状況が許せば、一生それを、やりたい。続けられれば、それだけで満足です。そのために未知の人たちと出会い、新しい何かを発見することに時間を使っていきたいと思っています」

では、ちょっと質問を変えてみた。

辞めた途端に、空っぽになった人に言いたいことは？

「〝会社人間〟という言葉がありますが、四十年近く会社に勤めていれば、朝起きて、会社に出かけていくのが生活のリズムになっていたのですから仕方のないことかもしれません。しかし、ある時それがなくなってしまうと、どう時間をつぶしてよいか、分からなくなるようです。だから、仕事以外に、自分の生きがいみたいな打ち込めるものを、若いうちから作っておくのも必要かもしれませんね」

と関根が答え、それを受けて東は、こんな一言をもらした。

「空っぽになったら、なんで空っぽになったか考えなくてはいけないのではないでしょうか。もし空っぽの自分に不満だったら、それを何で埋めるか、自分で考えなくてはいけない。自分で埋めて、楽しく生きることを考えるべきだと思います。空っぽの自分に不満を言っているだけの人はダメというか、悲しい人ですね。名刺（社名や肩書き）の力で持ち上げられて来た人が、市井の人になると、かなりショックを受けるらしいですが」

仕事で「ジタバタ」したいと言っていた堀井に、それはどんな意味かと尋ねると、「私は生来のなまけ者です。まずは目標を立て、自分を追い込んで、時間に縛られることで、精一杯ジタバタやらないと、何もしないまま、すぐに一年くらいたってしまいそうで、それが怖いのかもしれません」と言う。

「老いとは、肉体的な面とメンタルな面の両面あると思います。

肉体面では衰えたとしても、心の若さがあれば、いつまでも若さを保てます。例えば、加藤先生のように。私が先生に『プルクワ（pourquoi）恭子』という渾名をつけたのは、身の回りのあらゆるものに『なぜ?』、『どうして?』と問いかけ続けているからです」

〝プルクワ〟とは、フランス語で「なぜ?」「どうして?」という意味である。たしかに学生たちは陰で私のことを『プルクワ恭子』と呼んでいた。だが一体、好奇心と老いに何の関係があるというのだろうか。堀井の話を続けよう。

「つまり、先生の頭の中では、つねに好奇心が渦巻いているのです。そういう人には、老いが入り込む余地はありません。『歳をとったなんて考えている暇なんてないわよ』、それこそが先生の若さの秘訣であって、みんなへの『不老長寿のおまじない』になるのではないでしょうか。

例えば、定年を機に会社を辞め、暇になる。こんなとき一番よくないのは、外の世界への関心が減り、自分のことばかりが気になる人です。これまでは町内会の仕事も、『面倒だ』、と言いながらも頑張って他人の役に立っていたのに、それから離れると、自分の体や健康のことばかりが気にかかり、頭の中はそれでいっぱいになる、そんな人が多いようです。

もしかしたら、この好奇心のある・なしが、上手に歳をとっていけるかどうかの分かれ目なのではないでしょうか。老いていく自分を嘆いている時間があるなら、他のことを考えなさいというのが加藤先生流。それは、とてもうまい生き方かもしれない」

なるほど、私はいつも周りの人たちに、自分の知らなことや、初めて耳にしたことは、何のためらいもなく聞くことにしている。

「なぜ、あなたはそんなにおしゃれなの？」「スマートフォンって携帯電話でしょ？なにがスマートなの？」「人生の目的は？」などとよく質問してきたことを思い出した。

定年を迎えて考えたことは？

東が発言した。「アドバイスをさせてもらうなら、〝卒業〟した時に自分の身の丈を認識したらいい。収入にしても、体力にしても、〝卒業〟した時の自分はここにいる、ということを認識した上で、自分の夢をかなえていけばよいと思う。人の事を羨んだりしないで、身の丈を知った上で楽しく暮らしていくことが、一番。僕は身の丈をちゃんと知っていようと思っています。まさに『足るを知る』ことが肝要と思っています。〝幸せ感〟は人と比べるものではない。比べて羨ましがっても、嫉妬してもしようがないって事ですね。もうこれからは、比較しなくてもいい人生なんです。そんな状態で楽しくしようとすることが、心の平和にもなって、良いスパイラルになると思います。やきもちとか、羨望していると、どんどん自分が負のスパイラルを背負って、良くない方向に向かっていく気がする。自分のレベルで楽しく暮らすのが一番で、僕もそうしていきたい」

学生時代を振り返って彼らは、「もっと勉強しておけばよかった。めちゃくちゃ勉強したい」とか、「こういうことがやりたいから、例えばフランス語を勉強しますとか、そういった発想がなかった。ただ大学に入って卒業するため、単位をとるためにフランス語をとります、英語をとります、だった。それが一番だめでしたね。今は、こういうことをやりたいから英語勉強しますとか、目標があってやったほうが取り組みの意欲が増しますよね。自分から勉強することが若い頃はなかったですね。それが先生のクラスでCばかりとっていた原点ですね（笑）」、「たまたまうまく、いい大学に入って、まわりも良い人ばっかりで、楽しくってしようがなかったです。幸せなまま進んできて、明らかに勉強不足だった。今こそ本当に勉強したい、できることなら、今、大学に入りたい」などの意見を語った。

教え子たちの話は、私の同年輩の友人たちの愚痴とはかなり違っていた。

「今こそ本当に勉強したい。できることなら、今、大学に戻りたい」

こういう言葉を聞いた私は、幸福だった。人生の〝同志〟を得たような気持ちだった。

認知症については？

認知症ってどういう病気？　と質問すると、関根が、「一番多いのはアルツハイマーという病気です。私の父の場合は、自分が何かし始めると、何をしていたか忘れる、わからなくなる、着るものも四日も同じものを着ていたり、黙っていると風呂にも入らなかったり、今日何食べたか分からなかったり……」と説明した。

でもそれは、頭だけの問題で、体は動くのね、と思った私に、

「歳をとれば多かれ少なかれ誰でもそうなります。義父は脚力の衰えはあるものの、毎日の散歩は欠かしません。義母はほとんど家の中にいます。八十年も別の土地で暮らし、突然、東京に出てきて、新しいコミュニティに入るのも容易ではないでしょう。それでも、体は健康そのものです。残念なのは、記憶だったり、判断力といったものの衰えです。五分前のことでも忘れてしまいます。そのくせ何十年も前のことは鮮明におぼえていたりして、そこが悲しいところです。病状がすすめば、自分の息子のことも分からなくなることもあるそうです」と、説明した。

さらに堀井は、こんな話をしてくれた。

「隣近所にはいろんなお年寄りがいますが、みんな同じ傾向がある。頑固になってくるし、人の言うことを聴かない。この前も知り合いのおばあさんがころんで痛そうなのに病院に行こうとしないので、見かねた家内が病院に無理やり、連れて行ったら、肋骨が折れていた。自分の子供には、とても言えない。『もう外に出ちゃい

けない』と言われるから。私の周囲は隣近所みんなで年寄りを見守っています。我が家の年寄りも町の人がみんなで見ていてくれる。例えば困っていたり、うずくまっていたりすると、自宅まで連れて帰ってくれたり。そういうコミュニティができている。町中が顔見知りで、誰かが見ていてくれる。もちろん、僕らもその子供とかお年寄りとか、できる限り見守っています。個人のレベルで、年寄りや子供をみるのは限界がある。だから、お互いに他人のおじいちゃんおばあちゃんを見守ることで、肉親には言えないこともポンポン言えるし、相手も笑って、話を聞いてくれる。それがいいのかなと思っています。

家内が、近所の習字の先生にお願いして、近所の人たちと、月に二度、習字の会をやっています。習字の後、お菓子やお茶を持ち寄って話をする。歳をとると家に引きこもりがちですから、こんな形で井戸端会議のような機会をつくるのも、悪くないかもしれないですね」

幸いなことに、私の周囲には認知症の方はいないが、たしかに家族だけで高齢者を介護するのは大変だ。隣近所や介護施設などを上手に使って、みんなで介護に取り組むこと、特に隣近所のコミュニティに頼ることなくしては、長期戦となる「介護」を乗り切ることはできそうにない。

施設での看取りなどは、大丈夫なの？

高齢者施設は、死を迎えた時、例えば看取りなどは大丈夫なのか？　との質問に対しては、東が次のように答えた。

「大丈夫です。家族がいれば、最終的には親族を呼んで、最期を看取るか、あるいは、延命するなら、病院を紹介してくれて、そこに移るなどはやってくれるみたいです。先生は良い施設に行って、面倒をみてもらいながら、好きな本を読んだり、文章を書いたりして、のんびりと過ごされるのが一番ですよ」

「日本と海外とでは少し事情が異なるようですが、日本の場合はこれまで、最期は病院での看取りが多かった。例えば先生のご主人の場合も、体調を崩されて入院。そこで癌が発見され、最期は病院で家族に囲まれて息を引き取られたのですよね。

現在の統計を見ても八割近くの人が病院死です。ただ、最近では施設での看取りの数が増えてきているようです。

その大きな理由は、看護師や介護士が常駐している施設が増えていることと、終末期には本人にも家族にも、できるだけ不安や苦痛をかけさせたくないという思いから、看取りの場として施設が選ばれはじめているのでしょう。

それに、施設における人間関係も、たんなるスタッフと入所者という関係ではなく、時間をかけて、信頼できる身内的な存在として、本人も安心して終末期をゆだねられるようになってきているのではないでしょうか」

もちろん、私も家族には負担をかけたくないので、自分のことを満足に一人ではできなくなり、誰かの手助けを必要とするようになったら、施設に行こうと思っている。

ただし、それにはまだしばらく時間がありそうだと、私は思っているのだが。

「死」ってどう思う？

東は、ごく最近までかなりの恐怖心を持っていたという。しかし、養老孟司先生の『「自分」の壁』（新潮新書、二〇一四年）という本を読んだことで、死に対する意識がかなり変わったという。養老先生は、人間の脳というものは、外界と自分を区別する――自分認識の領域を持っていて、その部分が「自分」と認識したものが、「自分」なんだとその本で述べているそうだ。脳が、外界と自分との区別ができなくなると、自分の輪郭だけが溶けてなくなってくる。「輪郭がなくなって、外界と一体化する。それが死だ」と書かれていたと言う。外界と自分が一体になるのが死だというのを読んだとき、死ぬって怖くないと思ったという。それから、「死を受け止めろ、受け入れろ」とも書いてあって、それも心に響いたという。

東は「死を受け止めろ、受け入れろ」というメッセージをどんな気持ちで理解したのか。死というものが、消えてなくなるというのではなく、世界と一緒になると思えることで、死への恐怖から解き放たれたようだ。

最後に、東はこうつけ加えた。

「ただ、突然死ということもあるかもしれない。まあ、そのときは周囲に迷惑をかけるかもしれないが、そこは、逝ったもの勝ちということでお赦しいただきたい」

かくいう私も自分がどう死ぬかは、まったくわからない。「お任せ申し上げます。どんな死に方でも構いません。ただ、周囲の人たちのご迷惑になりませんように……」と、毎朝、仏壇の前で祈っている。

六十五歳を越えた彼らも、私の女学校の同級生たちのように、「もう歳だ！」と思うことがあるのかしら、と思わず尋ねると、

「まだ、前期高齢者になりたての私たちですから、もちろん『もう歳だ！』なんて、思ったことはありません。こうして大学時代の仲間たちと集まると、はじめて大学のキャンパスで出会った十代の頃に心も身体も戻ってしまいます。そしてなんと、家に帰るとなぜか腹筋が痛い。これはきっと、そこまで無防備に言いたいことを言え、おなかの底から笑うということが、普段の生活の中では少ないということなの

かもしれませんが。

そればかりでなく、話し合うことで、相手から様々な刺激をもらうし、それまで気づかなかった問題意識なども芽生えてきます。

加藤先生もはじめてお目にかかった〝鬼の加藤〟の時代から四十年の歳月が経過しているのですが、時間をまったく感じさせないご様子に、私たちも学生に戻った気分でした。実際、先生の好奇心や探究心、さらには前向きなエネルギーには、『やはり加藤先生は、私たちにとって、生き方の先生なのだ』と感服しました。これからも、先生の好奇心を見習いたいと思います」

かつて、私がフランス語の評価で「C」ばかりつけた関根の答えだった。今なら評価「A」をあげられそうだ。

「老い」という自分自身の心身に関する問題とは別に、周囲の女友だちから、持ちかけられる厄介な話題が深刻さを増してきた。今回はそれまで家でゴロゴロしていたはずの男性たちの声も交じってきた。「介護」である。

父の、母の、舅や姑の介護である。それがいかに大変か、電話でながながとしゃべられると、こちらの心まで暗くなる。

――どうにかならないのかしら？　施設に入れるとか……。

「一口に施設に入れると言っても、それが大変なのよ。とても年金や、これまでの蓄えでは入れられない高価なのもあるし、何年待ちというものもざらにあるし、簡単なことではないのよ。うちなんか、本人は絶対入らないと言っているし。嫁の私が世話するのは当然、という考え方なんだから」

――そうね。私の義姉も大変だったわ。昔の〝嫁〟だったから……。

相手は、ふっと声を低くした。

「私はね、ときどき、(死んでくれないかなあ) と思ってしまうの」

どうしようもない現実に直面している友人に、私はどう慰めたらよいのか、ことばが見つからなかった。

私は、ふと長年の親友の一人、ドロシーのことを思い出した。私より七つも年上、漢字は読めないので、ファックスや手紙は英語、会話は日英どちらかのときも、チャンポンのこともある。十日に一度は電話でおしゃべりをしているし、それに、彼女は高齢なだけではなく、介護もしているのだ。

わが友、ドロシーに聞いてみよう

長年の親しい友人ドロシー・ブリトンは、一九二二（大正十一）年に磯子で生まれた。

英国人の父は、日本郵船のチーフエンジニアとして、一九〇四年、日露戦争が始まった年に来日。その後、磯子の禅馬でボイラー会社を経営し、アメリカ人女性と結婚した。

その父は、葉山に別荘を建てた。関東大震災の経験から、一色海岸の巨大な岩の崖の上に日本式家屋を建て、鉄のボルトで岩にしっかりと固定させた。晴れた日には、伊豆大島まで見渡せる。

葉山でのドロシーは、近所の子供たちと遊ぶのが大好きだった。團伊玖磨、大久保利通の孫の和香子さん、北白川宮家の佐和子さまたちと砂浜を裸足で走り回ったり、狭い押入れの中にぎゅうぎゅう入る〝鬼ごっこ〟など、本当に楽しい子供時代だったという。

だが、十二歳の時に、心臓発作で父が急死。母と娘は日本を離れ、イギリス本国、バミューダ、アメリカと移り住んだ。ドロシーはどの地にいても、日本と、葉山の海が恋しかったという。

真珠湾攻撃を知った時は、もう日本へ帰れないのではないかと悲しかった。そうして迎えた日本の敗戦。一九四九年、ついに彼女たちは日本へ帰ってきた。葉山の家は、そのままだった。

英国大使館に職を得たドロシーは、平日は丸の内ホテルに泊まり、週末だけ葉山へ帰った。ホテルの食堂に母を招いて食事を共にした日、英国人ビジネスマンが二人に気づき、「バウチャー少将をご紹介させてください」と声をかけてきた。

セシル・バウチャーは、英連邦占領空軍司令官として岩国に滞在。二十七歳のドロシーより二十七歳年上の五十四歳だった。将来、自分が彼の妻になるなど、その時のドロシーは夢にも思わなかったそうだ。

多才で多忙なドロシー

敗戦後の日本へ帰ったドロシーは、多方面で活躍し始めた。

まず、日本の作品を英訳して、英国などで出版する翻訳家として、芥川龍之介の短編や、『奥の細道』、『窓際のトットちゃん』、秩父宮妃の『銀のボンボニエール』などの作品がある。彼女は、また、自身の著作も日本語と英語で出版している。『ワルツと囃子』（実業之日本社　一九七七年）、『ドロシーおばさんの上品な英会話』（実業之日本社　一九七六年）などである。林田恒夫という写真家の写真が多く載っている『The Japanese Crane: Bird of Happiness』も、講談社インターナショナルから一九八一年に刊行された。

それから、彼女は作曲家でもある。一九五九年夏の『名古屋をどり』公演の演目の一つ、「乞食夫人」の作曲を手がけ、作舞は西川鯉三郎であった。翌年の歌舞伎座での『赤坂をどり』の中の日本舞踊「雪月華」もドロシーが作曲した。和訳された「ガリラヤの女たち」と題したカンタータや、万葉集の歌に曲をつけたり、陸奥宗光の孫の陸奥イアン陽之助のインタナショナル映画の作品に作曲もした。

また、NHKラジオで海外の人たちに日本の民話や音楽を紹介したり、テレビでも十二年間英会話を中学生に教えた。アイリッシュ・ハープを奏でながら、英国民謡を歌ったりした。この他にも多くの分野で活動を続けたドロシーは、一九六八年に読売交響楽団の用事で、渡英した。その時、すでに引退し、妻を亡くし、脳に障がいのある息子デレックと二人で暮らしていたバウチャーと再会。彼は七十三歳、ドロシーは四十六歳、デレックは四十歳だった。二人は結婚を決意し、バウチャーはデレックを連れて葉山へやって来た。彼は〝サー〟の称号を受けていたので、妻のドロシーは、正式には〝レィディ・バウチャー（Lady Bouchier）〟と呼ばれることになる。

葉山の海を眺めながら、バウチャーは回想録を書いた。『Spitfires in Japan : From Farnborough to the Far East. A Memoir by Sir Cecil “Boy” Bouchier』（Global Oriental, England 2005）は、日本語にも訳された。サー・セシル・バウチャー著、

加藤恭子・今井萬亀子訳『英国空軍少将の見た日本占領と朝鮮戦争――少将夫人レイディ・バウチャー編』（社会評論社　二〇〇八年）だが、この本の完成を見ることなく、バウチャーは一九七九年に死去。ドロシーは障がいのある息子デレックと共に葉山に住むことになった。

ドロシーは、二〇一一年の一月二十七日には、バッキンガム宮殿でＭＢＥ（Member of the Most Excellent Order of the British Empire）の勲章を受章した。チャールズ皇太子が、彼女の胸に勲章を自らつけた。英日間の文化交流に尽力したことへのご褒美だった。吉田茂の娘、麻生和子とドロシーは、日英協会の女性メンバーで構成する「エリザベス会」を一九五八年に設立したのだった。

忙しすぎて、歳をとっている暇がないの

二〇一四年初夏のある日、私は葉山にドロシーを訪ねた。バウチャー少将の大きな肖像画、洋風と和風の家具や調度品を配置した応接間の食卓には、お寿司の用意

がなされていた。庭の松の枝越しには、海。おいしいお寿司を頂きながら、私は早速にインタビューを始めた。

「ドロシー、あなたは〝歳をとる〟というか〝老いる〟ことを、どう考えているの？」

九十二歳の人間に対しては少しおかしな質問かもしれないが、彼女はパッと答えた。

「私は忙しすぎて、歳をとっている暇がないの。考えたこともないわ」

確かに彼女は忙しい。英国で出版する自叙伝や、いろいろなものを書いたり、講演、演奏会、そしてデレックの介護もある。

ドロシーはいつも溌剌としていて、きれい。健康に心をくばって、体にいいものを食べるようにしている。主に野菜と果物、ことにブロッコリーとほうれん草が好きだ。青汁も毎日飲む。朝食はライ麦パンの上に、夏みかんの自家製マーマレード、カッテージチーズ、ブルーベリー、スライスしたバナナをのせたもの。お昼は、サーディンと玉ネギのサンドイッチ。夜は、刺身とお燗をした日本酒。食後はスライスしたリンゴとか。なるべく食事の時間を守り、リラックスすることが大事だと考えているのだそうだ。

運動は、中国の「練功十八法」のレッスンを、週に一度受けに行く。四十年間続けていて、インストラクターの資格も持っている。体のあらゆる部分をゆっくり動かすのだそうだ。

デレックは、私たちと一緒に食事をしていた。ワイシャツにネクタイをきちんと締めている。たまに奇声を発することもあるが、たいていはにこにこと微笑している。

「お皿ののった重いお盆を台所に運んでくれたり、彼は私を手伝ってくれるのよ」

と、ドロシーは言う。

デレックは二歳の時、両親の留守中に子守が床に彼を落としたか、階段から落ちたかして、脳に障がいを受け、言葉がしゃべれなくなった。ただし、ドロシーの英語はわかるらしい。彼女が、「二階へ行って、パズルをしていなさい」

と言うと、デレックは黙ったまま席を立って行った。ドロシーは、どこへでも彼を連れて行く。まだ車を運転しているし、バスや電車も使う。

「でも、音楽会は一緒に行けないの。音楽が大好きだから、いきなり大声で叫んでしまう。他のお客様に迷惑になるでしょ」

エリザベス会のように、女性のみの会のときは、連れ出さずに、隣に住んでいるアメリカ人の大学の先生ホイセス氏の夫人の順子さんに、見守ることをたのんでいるというが、デレックの普段の介護は、どういうふうにしているのだろう。

愛があれば

「彼は、〝これをしなければならない〟とか、〝してはいけない〟などがわからないの。だから、朝、顔を洗って、歯を磨いて、髪をとかして、お手洗いに行ったらお尻を拭いたり、ひげをそって、きちんとした服に着がえさせるのが私の仕事よ」

お風呂はどうするのだろう？

「私がデレックの体全部を石鹸で洗ってから、手持ちのシャワーでそうっとぬるま湯をかけてあげる。それから、彼を浴槽に立たせて、バスタオルで自分の背中をふかせます。首の後ろにタオルを広げて掛け、両方の先っぽを両手に持たせ、右へ、左へ、を元気なリズムで続けるように。傍で私はジョギングするの」

「ジョギング？」

「走らないのよ。英語で jogging in place と言うの。時間がかかるから、待っている間に、浴槽のすぐ脇の洗い場でのジョギングね。私にとって、良い運動になる。それからベッドに寝かせて、私も隣のベッドに横になるのだけど、目が覚めるたびに、必ずデレックを起こして、ポウを使わせるの」

「え？　何ですって？」

「ほら、フランスでも、ポ・ド・シャンブル（pot de chambre）ってあるでしょう？　英語で po（尿瓶）。アメリカでは potty。ベッドの上で用をたせる容器。あとでおみせするわ。でも私が起きられないこともあって、週に三度くらいはおねしょするわね」

彼女の毎日の仕事は大変すぎると私は思うが、ドロシーは、「そんなことないわ。

〝愛〟があれば」と言う。デレックへの〝愛〟はもちろんだが、新約聖書の「コロサイの信徒への手紙」（3：12）の一節を彼女は唱えた。

「あなたがたは神に選ばれ、聖なる者とされ、愛されているのですから、憐れみの心、慈愛、謙遜、柔和、寛容を身に着けなさい」

私自身には到底できないことだけれど、彼女の信条は、よくわかった。

では、死についてはどう思っているのか。彼女はまた聖書を引用した。

「マタイによる福音書」の中で、弟子が自分の父をまず葬りに行かせてくださいというと、イエスは、「死んでいる者たちに、自分たちの死者を葬らせなさい」（マタイ8：22）とおっしゃった。

「私はね、死を信じていないの。イエスはお答えになった。『行って、見聞きしていることをヨハネに伝えなさい。目の見えない人は見え、足の不自由な人は歩き、らい病を患っている人は清くなり、耳の聞こえない人は聞こえ、死者は生き返り、貧しい人は福音を告げ知らされている。（ルカ7：22）』、体は死んでも、どこかで、再生すると信じているの」

キリスト教の教えに忠実に生きてきたドロシーだから、このような考え方、感じ方をするのだろう。彼女は、すでに「遺言」も書いたという。

葬式は不要。親しくしていた人々をこの家に招いて、お茶を出してほしいと隣の友人に頼んであるのだそうだ。そして、カセットに録音してある彼女が作曲したカンタータを流してほしいというものだ。

逗子の駅まで、ドロシーは私を隣にのせ、デレックを後部座席に座らせて、運転してくれた。駅で車を止めると、ドロシーは、私を強く抱きしめながら言った。

「あなたが来てくれること、それが、私にとっては大きなプレゼントだわ」

「私にとっても、そう。もっと近くに住んで、度々会えたらいいのに……」

抱き返しながら、このすばらしい女性に、私は心の中から湧き上がってくる人生の〝戦友〟のような〝愛〟を感じた。

「グッド・バイ、デレック」

デレッグは車の中に座ったまま、私に手を振りながら、仕合せそうに微笑していた。

死ぬ直前まで、見事に生きること

この抱擁がドロシーと私との最後のものになるなどと、この時の私は考えてもいなかった。ドロシーも、「また来てね。そうでなければ、デレックを連れて、私たちがあなたの家へ行くわ」などと言っていた。

二〇一五年のお正月も過ぎ、一月の下旬か二月の上旬くらいだったと思うが、私は彼女に電話した。彼女の自叙伝を、私の姪たちと日本語に翻訳していたのだ。

「今はその話をしている時間がないの。入院する準備を急いでいるんで……」

とドロシーは言った。

「入院って、あなた、病気なの?」

「ううん。ただの検査入院よ。帰ったら、電話するからね。バイバイ」

彼女はいつも電話の最後に「バイバイ」と言うのだが、これが、私たちの間の最後のものになるとは、私は夢にも思わなかった。

二月二十六日のこと、ドロシーの隣家の順子夫人から電話がかかってきた。お隣りからドロシーとデレックを、あたたかく見守っていた夫妻だった。

「恭子さん、驚かないでね」

と順子さんは、低い声で言った。

「ドロシーがね、昨日、死んだの」

「えっ！　どうして、どうして、そんな……」

一週間の検査入院の予定を、ドロシーは「退屈でたまらない」と、二日だけいて、飛び出してしまったのだそうだ。帰宅した彼女は「食事がおいしい」などと言っていたが、二十四日に倒れ、救急車で病院に運ばれて、翌日、死去。

うそだ！　あのドロシーが死ぬはずない。あんなに元気だったのに。ついこの前もある女子大で講演をしたら、

「学生たちが、スタンディング・オベーションをしてくれたのよ！」

と誇らし気に喜んでいたのに！

「死亡証明書には、『老衰』と書かれていたわ」

と、順子さん。それからあと何を話したのか、私には記憶がない。

違う、違う、これは何かの間違い。あのドロシーが死ぬはずない。何十年も、よき友だった。家へも来ると言った。何回葉山を訪ねただろうか。一緒に彼女の本を訳した教え子たちや、他の友人たちも連れて行った。何十年も、少しも変らず、いつも元気だった！

（本当なのだ。本当に彼女は死んでしまったのだ）

という思いが、急に私を襲った。涙をぼろぼろこぼしながら、

「どうして？　どうして？」

私はドロシーに、いや、彼女の霊に叫んだ。

でも、夜中になってみると、感嘆の想いが私の心にひろがりはじめた。

何という見事な最期だったのだろう。二日前までは元気だった人。「老いる暇なんてないの」と言っていた人。そして、「あなたが来てくれること、それが、私にとっては大きなプレゼントだわ」と言ってくれた人。

ありがとう。愛する友。あなたと親しくなれたことが、私にとっても大きなプレ

ゼントだった。ありがとう。

三月二日には、葉山教会で葬儀が行われた。エリザベス会の会員だった義妹や、ドロシーの作品を一緒に訳している姪たちも出席した。

デレックのことが気がかりだったが、彼はドロシーの死をまったく理解していないようだった。最前列で、右側にホイセス氏、左に順子夫人にはさまれて、とても仕合わせそうににこにこしていた。

最後に親しかった人たちだけが残り、棺のふたが開けられた。あの最後の日となった、あの時のままのドロシーが、そこに横たわっていた。美しく化粧し、おしゃれな洋服を着て、自然な雰囲気のドロシーが。

私たちは、涙ぐみながら、多くの方々からの花で、彼女の体の周囲を飾った。頬にふれると冷たかったが、髪の毛にふれると、あたたかかった。

「バイバイ、ドロシー、バイバイ。友だちになってくれてありがとう。そして、デレックのことは、心配しないで」

デレックはいなかった。ホイセス夫妻が途中から連れ出したのだろう。あの方たちにまかせておけば、大丈夫。ドロシーは、デレックをよく叱った。でも、ホイセス夫妻といるときの彼の表情は、心から安心したような、のびのびとした表情をしていた。

「本当に大丈夫よ。安心してサー・バウチャーのもとへいらっしゃい。バイバイ」

親しい友を失うのは、本当に悲しい。でも彼女は、大きな教訓を残してくれた。

「死ぬ直前まで、見事に生き切ること」

とでも言おうか。

私は、もう泣かない。

あなたを見習って生きて行くわ。友になって下さったこと、ありがとう。

私は毎朝仏壇で、お経を唱えている。と言っても、この〝経文〟、私が勝手に作ったものである。

まず、「加藤家の御先祖様たち」、そして実家の「藤井家の御先祖様たち」、母の実家の「長沼家の御先祖様たち」にはじまり、昔から今日までお世話になった方々のお名前を唱える。日、米、仏の三国でお世話になった先生方や友人たちも入るし、親類、先輩、編集者の方々、他の仕事でお世話になった方々。そして最後に「南無阿弥陀仏」、「ありがとうございました」で終える。婚家は浄土真宗、実家は日蓮宗だったが、私としては、婚家をたてていたのだ。

私は第一生命が設立した研究所の一つ、地域社会研究所（現・第一生命財団に統合）に長年、お世話になってきた。その機関誌『コミュニティ』の制作者、大角修氏は仏教学者である。

数年前、私は思い切って、「南無阿弥陀仏」と「南無妙法蓮華経」を一緒に唱えてもいいのでしょうか？　と訊ねてみた。すると、「大丈夫です」という答えをいただいた。

それからは、安心してその二つを六回ずつ声に出している。唱えることにしている死者たちの名前の最後に、ドロシーの名が加わった。

書き方を教え、生きる力を授かる

上智大学のコミュニティ・カレッジ（公開学習センター）での授業は、本当に楽しかった。

もともと書くことに対しては興味をもっている受講生たちなので、学部のフランス語の授業のように〝強制〟をする必要がなかった。受講生たちは「単位が欲しい」学生ではなく、社会人となっていた。

つたない経験ではあるが、数だけは沢山の本や雑誌記事などに書いてきたので、その個人体験をもとに思いつくことをしゃべった。

「エッセイ」の対極にある「論文」。その中間に「旅行記」、「自分史」、「伝記」などがあり、その特徴的書き方などについて私の経験をもとに話した。

受講生は女性の方が多いが、男性もいる。二十代から、私よりも年上らしい人たちもいて、積極的な質問や発言が飛ぶ。

ある日の講義が終ったあと、会社を経営している大田氏が、「思いがけず、うんと儲かったのでね、今日は社会貢献しますよ」

と言う。

どういう〝貢献〟かしらと考えていたら、近くの主婦会館の二階へ受講生たちを連れて行き、早めの夕食をご馳走してくれた。彼も、今はもう、鬼籍に入っている。

「どうやって書くのか、教えて下さい」

という質問が、やはり私より年上らしい男性から発せられた。

「万年筆かボールペンで、原稿用紙に手書きです」

「いやいや、そうじゃなくて、先生はフランス語をフルタイムで教えていらしたのですよね。家事もあり、子供の世話や他の雑事もあるのでしょう。その中で、どうやってこれだけたくさんの本を書いたのか、です」

私は、例の小引き出しの話をした。それから、野菜を刻んでいるときも、シチューをかきまわしているときも、いつもこれから書く文章について考えている。だから、机に向かってから、（さあ、何をどうか書こうか）と考えているわけではない。すぐに書き出す。時間の節約である。

「ああ、それが聞きたかったのです」

と、そのO氏。

体調不良というお葉書を次の年に頂いたが、今はどうしておられるのだろう。

公開学習センターでの非常勤講師としての任期は、五年である。七十歳が定年。最後の年には、

「この学期が最後の授業となります。聞きにくいことでも、どうぞ遠慮しないで、何でも聞いてください。書くことは、私にとってはあまりにも生活の一部になっているので、自分では気づかないこともありますので」

と皆に向かって言った。

受講生たちも積極的に発言してくれ、生き生きとした楽しい授業になった。

最後の日の講義が終ると、私はいつもより低く頭を下げ、教壇を下りた。二十八

年間にわたる仕事の〝場〟だった教壇である。すぐ脇のドアをあけ、私は独りで人気のない廊下に出た。

（終った……）という気持ちが胸にこみあげ、涙ぐんでいた。

その時、私のいなくなった教室で何が起こっていたか、知る由もなかった。

あとで聞いたところによると、受講生の一人が立ち上がり、「皆さん、ちょっと残ってくださいませんか。この講座を続けてほしいので、嘆願書を出したいのですが、賛同して下さる方は署名をしていただけないでしょうか」

と呼びかけたのだそうである。

松本ひとみ――〝その人〟の出現によって、私の後半生は大きく変わることになった。

その「嘆願書」は、公開学習センターの事務局へ届けられたのであろうか。当時のセンター長から、理事長や学長にまで上がったのかどうかはわからない。

ある意味では、これはとんでもない要求である。私という一講師の退任時期をのばすということは、制度としての定年制を変更することになる。他の大学なら、ゴミ箱へポイと入れられてしまう。だが、上智は違っていた。状況の推移について一切知らなかった私の許に、センター長からお便りが来た。

「定年延長は制度上できないが、自分たちで運営委員会を作り、あいている教室を使って、自主講座をしてはどうか」

という趣旨であった。

上智大学のあたたかさに、感謝した。あの日が最後ではなかったのだ。大好きだった教壇に、私はまだ立てるのだ！

松本ひとみさんを委員長とする委員会がすぐに結成され、秋の学期のみ運営と決まった。それが現在も続いている「ノンフィクションの書き方講座」である。それから十七年、公開学習センターの期間を入れると、二〇一七年で二十二年続いたことになる。

二〇一五年三月二十八日の、その学期の最後の授業のあと、「書き方講座」二十年を祝して、花束が贈られ、学期末の打ち上げ会が近くのフレンチ・レストランで開かれた。

「秋になったら、また講座で！」

と声を掛け合いながら、私たちは散会した。

この二十二年間、私たちは勉強してきただけではない。本も六冊出してきた。

まず『ノンフィクションの書き方――上智大学コミュニティ・カレッジの講義と実習』（はまの出版　一九九八年）を出し、次に受講生たちのインタビューで『「伴侶の死」それから』（出窓社　一九九九年）、さらに二〇〇六年六月発売の『文藝春秋　特別版　八月臨時増刊号　私が愛する日本』に掲載された、クラスの教え子たちの外国人五十二人へのインタビューは好評で、同年十二月発売の『文藝春秋　特別版　二月臨時増刊号　ああ、結婚！　おお夫婦！』へと続くことになった。

『私は日本のここが好き！』と題したインタビュー集は、新たに二名のインタビューを加え単行本として出窓社から二〇〇八年に刊行され、『続・私は日本のここが好き！』（二〇一〇年）、『私は日本のここが好き！　特別版――親愛なる日本の友へ』（二〇一一年）と続いた。

少し視点を変えて、批判も含めた『日本人のここがカッコイイ！』（文春新書二〇一五年）は順調に版を重ね、評判になった。

こうして、自分たちの書いたものが実際に本となって売り出されるという経験は、多くの受講生たちにとって一種の冒険であり、同時に彼らをより成長させる糧となってきた。十年以上在籍している人たちだけでなく、毎年初めてこの講座を受講した人、彼らもこの作業に参加するのだ。

私は、この小さな講座で、書くことを教え、受講生たちから生きる力を授かっている。

高齢者？　その線引きに異議あり

戦前の日本人の多くは、人間の寿命は五十年と感じていたのではないだろうか？

これは明らかに織田信長の影響である。

「人間五十年、下天の内を比ぶれば夢幻の如くなり。一度生を得て滅せぬ者のあるべきか」

子供だった私は、誰だったかは覚えていないのだが、その朗誦を聞いて、震えた。心の底から、熱い想いというか、感動が、湧き上がってくるような感じだった。短い生涯を燃焼し尽くすという生き方への憧れ、畏れだっただろうか。

そして、敗戦。時代はまた、ガラッと変わった。

占領軍の兵士たちが盛り場などでも威張って歩き、進駐軍相手の売春婦たちが腕にぶら下がるように寄り添っていたりした。チョコレートやガムをジープの上からばらまき、懸命に拾う日本人たちを兵士たちが冷笑して眺めていたりした。

彼らが大嫌いだった私は、いつも彼らを睨みながら歩いていた。でも、もし「なんでそんな眼でわれわれを見るのだ？」と尋ねられたとしても、私は、「あなたたちのマナーの悪さです」とか「敗けたとしても、ここは私たちの国です」といった説明を英語で彼らにできなかった。

その時、「英語ができるようになりたい！」「彼らと言葉で戦えるようになりたい！」と私は切実に思った。

一九五三年に早稲田大学仏文科を二十三歳で卒業した私は、その年の八月に、生物学者を志す、五歳年上の夫と共に貨客船で渡米した。前述したようにカリフォルニア大学のバークリー校には、当時〝学僕制度〟があり、一日三時間の家事労働をすると、部屋と食事、そして徒歩で三十分以上なら、バス代ももらえることになっていた。夫婦の住み込み学生を求めていたA家で最初の学期は働きながら暮らし、大学へ通った。

だが、その学期の終わり頃、A夫人と私がけんかをして、追い出されてしまったことはすでに述べた。安いアパートを借り、夫は皿洗い、私は通いのメイドをしながら次の学期を乗り切った。夏休みに入ると、夫は季節労働者になって田舎の農場を転々とし、私はルース家のフルタイムのハウスキーパーとなった。二年目の新学期が始まると、夫は学業に専念して早く修士号を取り、私はフルタイムのハウスキーパーと、フルタイムの学生を両立させることにした。

十五年にわたる欧米生活は、こうして始まったのだが、アメリカ人の家庭に住み込みで働いた経験から、彼らのことがよりわかるようになったと思う。

彼らアメリカ人の年齢にとらわれない考え方、高齢者の独立心の強さも、「もう歳ねえ」などと素直に認めてしまう日本へ帰ってきて、はじめてその感受性の違いを驚きとともに思い出されるのであった。

まだ若かった頃、私はアメリカや英国で、高齢者を助けようとして、拒否されたことが何回もあった。

例えば、アメリカで小さなティー・パーティーに招かれ、隣の椅子に高齢の女性が座ったことがあった。彼女の椅子の右側には、杖が立てかけてあった。

帰るときになって、彼女が腰をあげたそうな気配が感じられて、私は思わず彼女の左腕の下に私の右腕をそっとあてて、立ち上がるのを助けようとした。すると、彼女は私の腕を振り払い、ピシャッと私の手をたたいたのだ。

強い拒否である。そしてゆっくりと自力で立ち上がり、杖をついて背中を丸めながら、私のことは完全に無視して去って行った。

もしも私が男性だったら、〝騎士道マナー〟の名残りとして、彼女は素直に受け入れたかもしれない。だが、若い女の腕では、自分が〝老女〟として扱われたことになる。

「椅子から立ち上がり、一人で歩いて帰ることくらい何でもない。自分は何でも一人でできる。日常生活のすべて、そして車の運転も……」

彼女の曲がった背中は、私にそう語りかけているように見えた。以後、転んだときなどは別にして、私は高齢者に手を差しのべることは一切止めた。

こんな思い出もある。あるとき、アメリカに留学していたころ、パーティに招待されたときのことだ。誰も車などは持っていないし、気がつけば夜はすっかり更けていた。
するとその家の奥方が私たち四人の留学生を車に乗せ、一人一人送ってくれた。当たり前のことを当たり前にしてくれたといえばそれまでだが、その運転をしてくれたその女性、実は九十一歳だとあとで聞いてびっくりした。その颯爽としたピンクのワンピース姿を私は今も鮮明に覚えている。

日本では、六十五歳以上の人を「高齢者」とみなすのだそうである。そして、六十五歳から七十四歳までの人を「前期高齢者」、七十五歳以上の人を「後期高齢者」と呼ぶのだそうである。

日本への帰国後、かなりたってから、私の健康保険証が他の方たちと違うことにふと気づいて、ある病院で質問をしたことがあった。受付の方が、丁寧に説明してくれたのだ。

永住権をもって、娘と三人で暮らしていた私たちは、アメリカ流の考え方や慣習がそれなりに気に入っていた。それでも、心のどこかで、この国は私たちの国ではない、という思いが、常にあった。

一九七二年、夫が新しい基礎科学の研究所に招かれたとき、私は本当にうれしかった。今度こそ、本当の〝自分の国〟で働けるのだ。

驚くことはいくつもあったが、一つはある医院でのことだった。受付で払うことになった医療費が、あまりにも少ない。アメリカでは、非常に高額だったのだ。抗議していると、医師が現れた。

「先生、この額は少なすぎます。ひどいです。あんなに丁寧に診察して頂いて、検査もして頂いたのに、これではひどいです」

医師は、笑い出した。

「あのね、僕に抗議しないで、厚生省に抗議してくれませんか」

国が助けてくれているのだ！　日本の国民は、何と仕合わせなのだろう。私たちは、「お国のために何ができるか」を考えなければならないと、その時、改めて思った。

一食さつまいも一本だけの戦時中の生活から、戦後の日本は経済的にどんどん復興した。乳幼児や子供の死亡は激減し、医療体制も充実し、中年以上の人々も長生きするようになった。

あの「人間五十年、下天の内に比ぶれば」は、現実ではなく、幽玄な世界の詩のみとなってしまった。「百歳の人」などは、かつての私たちにとっては夢のような存在で、「きんさん、ぎんさん」の双子姉妹ぐらいかと思っていたものだ。だが、今では日本でも、そのような高齢者など〝驚異の存在〟ではなくなったということだ。

いつまでも自分らしく生きるヒント

〝少子高齢化の時代〟などと大見出しで、新聞や雑誌の紙面に書かれると、自分の気分まで高齢者という枠に組み入れられてしまいそうになる。たしかに長きにわたり、歳を重ね今日に至っているのは紛れもない事実だが、なにも「はい、さようでございますか」、「この歳ですから……」などと年齢の呪縛に囚われず、自由に自分の年齢とつきあってもよいのではないか。

そこで、私が日頃心がけ、教え子たちにもすすめている毎日を楽しく過ごすためのいくつかのヒントを紹介させていただこう。

自分の年齢を忘れる

日本人は、欧米人に比べ自分の年齢を気にすると書いてきたが、まず、それを止める。四十歳でも五十歳でも、七十歳でも八十歳でも、よいではないか。自分は何がしたいのか、したくないのか。どう生きたいのか、生きたくないのか。自分の意志、希望、欲望などを、考えの中心に据える。自己を知る努力、自己探求をし、自分が自分を育てて行く方向へ歩くのである。

八十五歳の時に、ある事務所で「お名前と年齢を」と言われて、思わず年齢の欄に「六十三歳」と書いてしまったことはすでに触れた。

二十もサバを読んでいる。しかし、その数字が、その時自分が感じていた自分の年齢だったのだろう。(これからは、自分の歳くらい暗記しておかなくては)と、その時には少しばかり後悔した。

だから、今では、自分の年齢は、〝知識〟としては正確に知っている。だが、それを意識したり、年齢で自分の行動を縛ったりすることはない。

自分が今やりたいことに気持ちを集中させていると、なかなか他のことにまで気が回らなくなる。まだまだ、やりたいことは次々と湧いてくるのだから、自分の年齢を数えることに時間を費やすより、高齢者の〝特権〟である忘れっぽさで、歳を忘れるのはどうだろうか。

勉強しよう

経済的には贅沢をしなければ、どうやら暮らしていける。貯金もある程度あるので、病気になっても心配はないという状態なら、（何という恵まれた我が身よ）と、まず感謝である。

物事には、終わりがある。どんなに貯金があったとしても、それを浪費、浪費と続ければ、通帳の中の数字は小さくなり、無に近づいてしまう。この世の中に存在する多くの物事がその〝終わり〟を秘めている。

だが、〝終わり〟というもののないものも、この世には存在する。

それは〝勉強〟である。

すればするほど、もっと勉強したくなり、枝葉は四方へ広がり、広く深くなっていく。

近所の図書館へ入ってみることを、まずおすすめする。そこでの本の探し方、リファレンス係の人と仲好くなり、自分が考えてもみなかった分野の書籍と出会い、視野を広げ、しかも、気に入ったコーナーをみつけ、図書館を自分の〝書斎〟と感じられるようにしてしまうのだ。

フランス語教師だった時代から、学生たちにすすめてきたことがある。それは、世界史の勉強である。この地球上で、人間はどう生きてきたのか、それを学ぶこと。そしてその勉強こそが、アメリカの大学でたたき込まれ、またフランスの大学で学んだことであった。『文藝春秋ＳＰＥＣＩＡＬ』（二〇一五年夏号）は、「教養で勝つ大世界史講義」と題し、池上彰・佐藤優両氏の「日本人よ、世界史で武装せよ」対談から始めているが、私はとてもうれしかった。長年学生たちに言い続けてきたことを、もっと鮮明に、そして豊かな学識を背景に強調して下さる方々がおられ、そして一冊全体が、その方向を目指していたからだった。

クラスで私が学生たちに言っていたのは、人類はこの地球上でどう生きてきたのかを知ること。そのために、石器時代から現代までの世界の歴史の本を読むように。文藝春秋からも、講談社からも、中央公論からも、世界史に関する本は出ている。私自身が買ったのは、中公文庫版『世界の歴史』（全十六巻）だったが、1「古代文明の発見」、2「ギリシアとローマ」、3「中世ヨーロッパ」、4「唐とインド」、5「西域とイスラム」と、石器時代からの人類の生き方を、現代社会に至るまで描いている。

こうした本を読み続けると、自分の国とは違った世界が展開してくるのである。古代文明の誕生と発展、異なる宗教の人びとへの影響、人種間の対立や戦争。「世界」とは、こんなにもダイナミックに発展したのかと、眼を見張る思いがする。「第一巻から次々に図書館から借りてくるように」と私は言った。

それと同時に、知らない地名がたくさん出てくるので、小学校の頃に買った地球儀を身近に置くこと。それから、細部を詳しく記してある『世界地図』のような本も、傍らに置くこと。地球儀で見当をつけた場所を、地図帳で詳しく調べるためである。

こうして世界史を読んでいると、自分がどの文明、国、戦争、社会その他、何に興味があるかがわかってくるだろう。

定年退職した昔の学生たちの談話をすでに紹介したが、その中で東勝一郎は、学生時代を振り返って、

「もっと勉強しておけばよかった。めちゃくちゃ勉強したい」と言っていた。そして、「たまたまうまく、いい大学に入って、まわりも良い人ばっかりで、楽しくってしょうがなかったです。幸せなまま進んで来て、明らかに勉強不足だった。今こそ本当に勉強したい、できることなら、今大学に戻りたい」

とも言った。

大企業を部長で定年退職して、上智へ入試で入ってきた男子学生を教えたことが

ある。仏文専攻かと思うくらいフランス語に専念し、クラス一番の点を取ったが、学部時代の専攻は法律だそうだ。

「大学へ戻ってきて、本当に良かった」

と本人は言っていた。

大学入試を改めて受けなくても、聴講生にでもなれば図書館ででも、自室ででも、真剣に学ぶことはできる。

本を読めば読むほど、周りの事象がわかり、その中で生きている自分というかけがえのない存在についてもわかるようになる。

自分はこの分野に興味のある人間だと考えていたのだが、実はあっちの分野に合っているのかもしれないとか……。

時間ができたら、勉強をしよう！

とは言うものの、一人で勉強するのはかなりの努力と克己心が必要だ。そこで勉強の成果なり、やり方なりを共に語り合える知人や友人を作ることも大切である。共に学び合う心、勉強したいという意欲は、そうした仲間と語り合うことで、しなやかに好奇心がふくらんでくるのではないだろうか。

人と交じり合おう

六十五歳で、ひとまず仕事を辞めると、男性は家にこもり、女性は外の世界へ飛び出していくことが多いようだ。男性は、とくに仕事仲間以外に親しい人たちはいないし、これまで仕事にかまけて近所づきあいもしてこなかった。ましてや「仕事を辞めたら、○○するぞ」と心に決めた計画もなく、気がついたら「毎日が日曜日」になっていた、というところだろうか。

それならば、突然、ボランティアやＮＰＯに参加するのは、ハードルが高いので、大学の同期会や会社のＯＢ会なら、気軽に集まれるのではないだろうか。前にも触れた定年を迎えた私の教え子たちも、そういった集まりからはじまって、新しい勉強会や奉仕活動への参加などに発展しているものもあるようだ。まずは、「人と交わる」ことから新しい興味や目標が生まれるのではないだろうか。

英文学者外山滋比古氏について、二〇一四（平成二十六）年三月一日の『朝日新聞』の「元気のひみつ」にすばらしい記事がのっていた。「散歩」が大切と。

朝は寝床の中であれこれ空想する「頭の散歩」。起きると、冬なら家の近所、それ以外の季節には、丸の内へ定期券を使って行き、皇居周辺の「足の散歩」。夫人が長年病身なので、家事や料理をする「手の散歩」。会社の社長、塾の経営者など、違う分野の人々との〝おしゃべり会〟を七つももっている。「目、耳、口の散歩」だそうである。

（いいなあ……）と、この記事は読むだけで人々を幸福感で包む。

定期券を買えとまでは言わない。だが、ほんの少しでもあやかりたいと思って頂けないだろうか。

「自分史」を書いてみよう

定年退職で、生活は激変した。もう人と会いたくもないし、無理に話題を見つけて談笑することなど真っ平。それならそれで、前述の〝勉強〟以外にすることはないだろうか？

ヴェランダに花壇を作るのも、庭に樹を植えるのもよいが、もし字を書くのが好きならば、「自分史」を書いてみるのはどうだろう？

ただ、いきなり「自分史」と言われても、あれこれと昔から考えていた人は別として、新参者は、何をどうしたらよいかわからないだろう。

最も簡単なのは、いきなり自分自身について書くのではなく、〝わが一族〟について、写真を使って説明するのである。夫の死後、夫の友人を訪ね歩いて『伴侶の死』を仕上げたことはすでに書いてきたが、それも、この分野に入るのかもしれない。

古い写真を、ありったけ取り出し、集め、年代順に整理する。厚いノートを用意して、例えば祖父の写真が一番古いものなら、それを貼る。そして、「祖父〇〇〇〇」と名前を書き、いつ生まれたのか、どういう職についていたのか、自分はいつどこで彼にあったのか、どういう人だったのかなど、彼と自分の関係や印象など、何でも書く。

次に祖母の写真を貼り、同じことをする。

そして父、次に母の番になる。父の職業や性格、そして母についても写真を貼りながら書いていけば、自分に辿り着く。赤ん坊の自分、父と、母と、または三人で生活している様々な写真。自分は少しずつ大きくなり、弟や妹も生まれるかもしれない。家族の様々な写真に、知る限りのくわしい説明をつけて行えば、これは、「写真自分史」とでもいう、立派な自分史になる。

小、中、高校、大学の友人たち、職場の上司たち、職場の同僚たち、自分の結婚式、妻との生活、生まれてきた子供たちと――何代にもわたる一家の歴史が、写真というこれ以上ない明確な〝証拠〟と共に綴られたことになる。

これを一冊仕上げてみると、もしかしたら写真の部分も、文章で表現してみようと思うかもしれない。

そうすれば、本物の「自分史」になる。ところどころに、書いた部分を強調するために写真を使うことはもちろんかまわない。

この人たちの描く〝自分の時代〟または〝自分たちの時代〟は、戦後の日本社会を背景とすることになる。敗戦後七十年がたったのだから、六十五歳で退職した人も、戦争は知らないことになる。

自分史は、自分個人の物語であると同時に、本人が生きた時代についても、他に伝えることになる。

当時、聖学院大学の学長だった姜尚中氏が、『朝日新聞』二〇一五年二月二十日のインタビューの中で、

「……僕は、自分を語ることは、『魂の相続』だと思う」

と語っておられた。

「魂の相続」——何という美しく、感動的な表現であろう。

家での時間のある方たちには、心をこめて、正直に、「自分史」を書くことをおすすめしたい。

「聞き書き」をしよう

「自分史」を書くことをすすめたが、扱う時代は、戦後史になる。小学校六年から女学校四年生までを戦時下で過ごし、学徒動員で働き、東京の家を焼かれた私は、「戦争のことは知りません」

などと言う人に出会うと、異星人かと思ったものだった。あり得ない！

「えっ、どうして？」

「だって、まだ生まれていませんでしたから」

大学を出てから、すぐアメリカへ留学したこともあり、十五年も海外にいて日本へ戻ってみると、周囲のほとんどが、戦争を知らない世代になっていた。

「警戒警報と、空襲警報の音の違いのわかる人いますか？」

と「ノンフィクションの書き方講座」で質問したら、誰も手を上げなかった。毎晩のように脅えたあの不気味な音を知らない人たちがいる！　いや、知っている人の方が、少数派になってしまったのだ。「あの頃」の二十四時間の切実さ、死に面した毎日、さつまいも一本の食事など、戦争について、後世の人たちが知らないでいてよいはずはない。

「戦争中の経験を話して下さい」

と、経験者がまだ生きているうちに、テープレコーダーを手に訪問して、しゃべってもらうことをおすすめする。

そして、どういう人がどういう話をしたかをまとめ、集めて、「自分史」のように、「戦争経験の話」をまとめるのである。

この場合だけではなく、他人の話を聞く場合に、注意しなければならないことが幾つかある。

まず、こちらがあれこれとしゃべりすぎないこと。

相手の話に耳を傾け、びっくりしたり、心を動かされていることを、表情や、

「えーっ?」のようにあいづちでおぎないながら、傾聴する。具体的にもう少し聞いておいたほうがよい場合については、今のお話についてもっともっと知りたいのでと、態度と言葉で表現する。

戦争体験者たちは、年々減って行く。今のうちに、若い人たちが話を聞き、まとめてくれることを望んでいる。

前述した「書き方講座」の聴講生たちと共に出版した雑誌記事や六冊の本も、すべてが〝聞き書き〟である。経験を積むにしたがって、話の引き出し方など、すべてが向上している。

「この歳だから、そんなこと聞けない」、「今さら、この歳で初心者として教えてもらうなんて」といった固定観念を脱ぎ捨てて、ゼロからのスタートこそが大切なのだ。

これをするとよい、あれをするとよいなどと書いてきたが、最近評判になっている本を読んで驚いた。

篠田桃紅『一〇三歳になってわかったこと』(幻冬舎　二〇一五年)である。著者は、「美術家　一九一三（大正二）年生まれ。東京都在住。墨を用いた抽象表現主義者として、世界的に広く知られており、数えで一〇三歳となった今も第一線で製作している」と紹介されている。彼女の文章の凄いこと！

「自分という存在は、どこまでも天地にただ一人」

「歳をとるということは、創造して生きてゆくこと」

「……老境に入って、道なき道を手探りで進んでいるという感じです」

「老いたら老いたで、まだなにができるかを考える」

「……何回か生死を分けることがありましたが、その都度、私は人に救われ、生かしていただきました。私がこうして長生きしていられるのは、時宜に適って、救ってくれた人に巡り合えたからです」

この方も、〝その人〟に巡り合えたのだ！　じーんと胸に響くものがあった。

そして、一〇三歳にしてこういう文章が書けるのは、やはり彼女が年齢などにしばられず、自分の前をしっかりと見据えて歩み続けているからだ。

ここにも同志がいる。

あの日の転倒と私の年齢は関係ありません

介護についていては、老若男女、いろいろな人たちから、あれこれと聞かされてきた。ほとんどが、「どんなに大変」か、という経験談である。

「どうしようもないのよ。こちらが逃げ出すわけにはいかないのだから」

「思いあまって、母親を殺してしまった男性だっているのよ」

「リハビリ施設でリハビリを終えたあと、ほとんどの人は家に帰りたいと言うけれど、家族の方は家へ戻って欲しくないそうよ。当たり前よね」

「親の介護のせいで、仕事を辞めなければならなくなった人だっているのよ。私だって、いつそうなるかわからない」

「あなたは自分が元気だから無関心だけれど、介護する側は、本当に本当に大変なのよ、少しはわかってほしいわ。あなただけでなく、世間一般にね」

「あなただって、いつかはわかる日がくるわよ」

と、その具体例を細かく話してくれる。

実は、二〇一五年五月一日の夜中に、私は転倒した。半分眠ったままでトイレへ行き、立った瞬間に、前方へ倒れたのだ。洋式の便器と、前方の洗面台の間の狭い空間に、どういう姿勢だかはっきりしないのだが、倒れ込んだのだ。

その時間、娘たちはまだ仕事中だったので、私の体中にしっぷをはってくれた。

翌朝になって眼が覚めると、激しい痛みがあちこちにあった。頭のてっぺんには、小さなこぶ。顔の左側には、紫色のあざ。左背中は肩から全体と前方の肋骨までずきずき痛い。右は背中の一部と肋骨。

五月二日朝は、ゴールデン・ウィークの初日である。各病院の救急部へ電話しても、「当直に、内科医はいるが、整形外科医はいない」とのこと。

四日になると、娘が、近くの病院が開業していると知り、車で連れて行ってくれた。レントゲンはとって下さったが、やはり整形外科医はいない。内科の先生が、

「休みが終ったら、整形外科医に診てもらって下さい。私が診る限りでは、骨には

異常がないと思いますが」

と言って下さった。

七日になると病院はあくのだが、ひどい痛みで動くことができない。娘たちも自分たちの仕事が始まり、私をどこかへ連れて行くことはできない。

いつもお世話になっている内科の松本医院は、うちから六軒ほどなので、やっとそこまでは行けた。

「骨に異常はないと思うけれど、整形外科医にこのレントゲン写真をみせて下さい」

とのこと。

「痛み止めの薬としっぷを出します。でも、私たちにできることは、それぐらいです。痛みをとるのは、河原先生に往診をお願いしたらどうですか？」

私がこの女医先生を尊敬し、大好きな理由の一つは、〝本当のこと〟を告げてくれるからだ。こうした激しい痛みに対して処方できるのは、長い間飲むと、おそらく胃にはよくない痛み止め薬としっぷだけ。痛みそのものには対処できないと、認めておられる。

河原先生とは、十数年前に松本都恵子先生から紹介された鍼灸治療院の河原保裕院長だった。

電話をすると、すぐに来て、鍼とお灸、そして置き鍼をして、しっぷでおおう処置をして下さった。先生自身か、他の先生かが、週三回往診して下さるという。

おかげさまで痛みは少しずつとれ、整形外科へも行き、「骨には異常なし」という判断を得た。

私の転倒話が伝わると、友人たちから電話がかかってきた。

「ほら、今度こそ、あなたもわかったでしょ？　老人には、転倒が一番危険なのよ」

「あなたの大股で乱暴な歩き方を見ていると、いつか、こんなことになるのではないかと、心配していたわ」

「私たち高齢者には、気をつけなければいけないことが沢山あるのよ。あなたも、これからは、注意してね」

などなどである。
一応、「ありがとう」と電話を切るのだが、これらの忠告に対する私の違和感！
言葉にはしない反撥の大きさ、激しさ！
今、ここで言う。
あの日の転倒と、私の年齢は、まったく関係がない。

私は高齢者とは思っていない

昔から、私は何度もあちこちで転倒してきたのだ。「大股で乱暴な歩き方」をするからなのかもしれない。

職場の上智大学でも、何十年も前から何度も転倒している。

二つだけ例をあげると、まだ非常勤の時代だったから、四十代だったと思うが、クラスの学生たちにひどく腹を立てながら、授業を終ったことがあった。三階から二階までは階段をドンドンと下りた。その一号館という建物は、正門寄りには一階の出口があるが、私の下りてきた反対側は、二階からは狭い外階段になる。屋内の階段とは勝手が違うのだ。腹を立てたまま大股で下りたため、階段から足を踏み外し、横向きにころび、体ごとゴロゴロと地面まで落ちた。

周囲の学生たちが「キャー」と叫んだが、私がすっと立ちあがり歩き出したので、そのままになった。眼鏡はこわれたが、いつも予備のものをもっているので、それにかえた。体は二、三日痛かったが、それで終り。

もう一回思い出すのは、東京を台風が直撃した日のことだった。七号館の十三階のロゲンドルフ先生の部屋で昼食をすませ、エレベーターで下りてくると、多くの人が一階のドアの内側に立っていた。

「すごい風速ですね。とても出られませんね」

「大学は、今日の午後は休講ということになったそうです」

と言う学生の声が聞えた。

午後のフランス語の授業は、一号館の二階。経済学部の第二外国語だった。七号館の出入り口のドアの外はアーチ状の構造になっているので、風の吹き抜け方がことさらにひどい。到底その中へは出ていけない。

だが、学生たちは、待っているかもしれない。（鬼の加藤なら、休講になっても来るだろう）と……。

私は外へ飛び出した。背後の叫び声。でももう出てしまった。途端に、とんでもない強い風に体を押され、石畳の上に腹ばいにたたきつけられた。眼鏡はこわれ、レインコートのベルトはぬけて、飛んで行った。

このベルトは、翌日、聖イグナチオ教会の樹木にひっかかっていたそうである。立ち上がった私は、風によろよろ押されながらアーチを抜け、とうてい傘などさせない強い雨に打たれながら、右額からは血を流し、髪や衣服はびっしょりぬれ、教室に辿り着いた。私の姿を見た学生たちからは、

「うおーっ！」

という叫び声が起こった。やっぱり、彼らは待っていてくれたのだ。

「待っていてくれて、ありがとう。大学は休講になりました。みんな、気をつけて帰って下さい」

さすがに女子学生は一人もいなかったが、男子の学生たちは落ち着いていた。

「先生こそ、気をつけて下さい」

「血が出ていますよ。拭いて下さい」

と、そっとティッシュを渡してくれた学生もいた。

髪も服もびっしょりのまま四ツ谷駅に着くと、電車もバスも地下鉄もすべて止まり、交通手段は無くなっていた。構内で、数人の女子学生たちが泣いていた。

「あなたたちは、家はどこ?」

と私は訊ねた。

「私は中野です」「荻窪です」と、中央線沿線だった。当時の私は、吉祥寺に住んでいた。

「みんなで一緒に歩きましょう! ぬれるけれど、早く帰ったほうがいいでしょう?」

と言うと、みんなうれしそうに一団となって歩き出した。途中から風も弱くなって、傘もさせるようになった。中野では、一人が、

「ありがとうございました。皆さん、さようなら」

と抜けて行った。

こうして、私は五時頃に吉祥寺へ着いた。

私は若いころからよく転んだ。たまたま八十六歳を目前に控えていたから、他人

は二つを当然のことのように結びつけたのであろう。

だが、私自身は、自分を〝老人〟だの〝高齢者〟だとは思ってもいない。ましてや私が転倒したのは、私の年齢のせいではないのだ。言ってみれば、これは私のスタイルのようなものだ。

早すぎる年寄り扱いは老化のもと

和田秀樹氏が著書『75歳現役社会論——老年医学をもとに』（ＮＨＫブックス）の中で、

「非常にパラドキシカルな言い方かもしれないが、本書は『七五歳までを年寄り扱いするな』と言っているわけだが、本当は年齢で区切るという考え方そのものが、高齢者にはそぐわないのである。これまで述べてきたように、現実には七五歳までで、年寄り扱いせざるを得ない人は、少なくとも五％くらいはいる。要介護なり虚弱老人がそのくらいはいるからだ。一方では、八五歳以上だって半数は要介護でも虚弱でもない、元気なお年寄りなのである」

と書いておられるのを読んで、（その通り！）と思った。まさに、おっしゃる通りである。

介護が必要な高齢者も、もちろんいる。例えば、歩行、食事、入浴、排せつ、歯磨きも含む洗面、着替えなどが自分一人ではできない人々である。

だが、自分の父なり母なり夫なりが、本当にできないのかどうかを見極める必要があるのではないだろうか。

つまり、こちらが、早く手を出しすぎる、あるいは助けすぎることによって、老化をむしろ進めているのではないだろうか?

日本人は、他の国の人々に比べ、親切な人が多い。また、人に頼る、依頼心の強い人も多いようだ。

本来なら自分でできることを、嫁なり娘なり息子なりが手を差しのべてくれるために、ついそれに頼ってしまう。

前なら五分ですんだ歯磨きに、十分も、いや、三十分もかかっている。それでも、知らん顔して放っておく。洗顔も、以前ならばパジャマの胸をぬらすことなどなかったのに、今は上着をびっしょり濡らしている。それでも放っておく。自分でコソコソと別のパジャマを引き出しから取り出して、着替えるままにさせる。

「ほら」と、こちらが手を貸して歯を磨いてあげたり、着替えさせるほうが、ずっと早い。でも、こちらも我慢する。

こちらは〝教師〟である。あちらは〝生徒〟である。

教師は、生徒のすることを、いちいち自分でしてはならない。できるようになるまで待って、成長を見守っている必要がある。

相手に、独立心を持たせよう。自分でできる、自分は大丈夫という誇りをもたせるように。

老いは何かを失うだけではなく、何かを得ることでもあるとして、「老いがい」というすばらしい〝単語〟を考え出したのは、元東京家政学院大学学長で、今は亡き天野正子先生だった。独力で「老いがい」をみつけてくれるように、無駄な助けはせず、前向きにみつめよう。

ノンフィクション作家の沖藤典子氏は、お父様とご主人の在宅介護の経験があると書いておられる。現在はお一人になったが、最後までご自宅で暮らせるように改築したという。階段には、昇降機。家の耐震とバリアフリーに改造。各部屋に煙探知機をつけ、防犯セキュリティーと緊急コールには、セコムを使う。玄関には、たてに手すりをつけ、床に座ると立ち上がれなくなるので、小さな丸椅子を置いた。トイレは車椅子にも対応できるように広めにした。

このように、在宅介護のサービスは受けながら、最後までわが家で暮らすつもりだそうである。

大いに共感するところがあった。そうだ、今度、女学校の友人たちから電話がかかってきたら教えてあげよう。家の誰かにも教えてあげたい。

ところがである。

〝家の誰か？〟

わが家は、娘夫婦と孫。高齢者はいない。いや、いる。〝高齢者〟と呼べるのは私自身だけだった。

「ママは、いつもせっかちで、そそっかしいんだから……」と娘によく言われることがあるのだが、それは確かに事実。私自身、自分を〝高齢者〟とは考えていないことを、ここでも見事に露呈してしまった。

やはり、私の〝高齢者〟や〝老いるということ〟への理解や意識が足りないのではないか。どなたか、専門家のお話を聞きたいと思った。

その時、高齢者の健康維持と介護について、私自身もお世話になってきた内科医、松本都恵子先生のお名前がすぐに浮かんだ。

松本先生に、聞いてみよう

新潟県三島郡出雲町出身で、一九八〇年に国立弘前大学医学部を卒業。その後も東京大学衛生学教室和田功教授、ならびに朝日生命成人病研究所菊池方利先生ご指導のもとに糖尿病臨床研究を続け、一九九四年には東大から博士号を取得。

米国マサチューセッツ州ボストンのジョスリン・クリニックのクロレブスキー教授と糖尿病合併症疫学についての共同研究を続け、国際学会で発表するなど、臨床のみでなく、研究にも熱心な医師である。

松本先生は、休診日のある日曜日、私のために半日をさいて下さった。

いつまでも元気で過ごせるために

――先生のプロフィールをまず……。

「弘前大学を卒業し、都内で病院の勤務と大学の研究を終え、二十年前に大宮市内にマイホームを建て、自宅の一階で無床診療所を開業しました。夫は内視鏡専門医で岩槻に開業しています。二男一女の母です」

――どのような患者さんを診察しておられるのですか？

「内科ですので、高血圧・糖尿病・高脂血症が圧倒的に多く、他に循環器・呼吸器・消化器疾患などの慢性疾患を診ています。私はただ薬を出すだけでなく、食事指導など生活改善にも力を入れています。時には小児も診ますし、さらには心の相談もあり、家庭内の悩みに耳を傾けたり……もうほとんど『よろず相談所』です」

――往診もしていらっしゃるそうですね。

「はい、開業当初から積極的に取り組んでいます。今は介護保険がありますので〈訪問診療〉と言い、地域のステーションと協力して在宅の方を定期的に往診しています。しかし開業当初にはその制度がなく、孤軍奮闘していたことを思い出します」

――どんな方を往診しておられるのですか？

「寝たきりのお年寄りの方や、体が不自由で歩行困難なため通院できなくなった方々です。動けない原因は人により違います。基礎疾患が重症である場合や超高齢者で加齢に伴い筋力低下した場合、またはその両方です」

――在宅の方の年齢は？

「現在訪問している方の年齢については幅があり、最年少七十四歳、最高齢百一歳、平均八十七・七歳です。過去の最高年齢は百四歳の女性でした。その方は百歳で小泉首相から表彰状を頂きましたが、その時もとても元気でいらっしゃいました」

――先生のクリニックは近いのに、なぜ来られないのですか？ タクシーを使うとか、家族が連れてくるとかできないのでしょうか？

「往診を頼まれる場合は二種類あり、急に熱が出たとか、下痢したとかなど、急性疾患の場合と、動けない方に定期的に往診する場合があります。急性疾患は従来の往診で、臨時に往診し、診察の後にご家族の方に薬を処方します。後者は介護保険を使った計画的な往診で、月に二回ほど医師が家を訪問し、ゆっくり診察し、患者と家族の話に耳を傾け、アドバイスし、月に一回だけ定期薬を処方します」

——外出もできないのは、何が原因なのでしょうか?

「松本内科で訪問している方については、その基礎疾患として、脳出血と脳梗塞の脳血管障害後遺症、いわゆる〈脳卒中〉により、片麻痺になり歩行困難になった方が多いのです。介助でやっと車椅子に乗れる方もいますが、寝返りさえ打てないその名のとおりの寝たきり状態の人も少なくないです。またパーキンソンや神経系の変性疾患などで在宅治療を受ける方もいらっしゃいます」

——原因となる脳卒中は、怖いですね!

「はい、このような神経系の疾患は見た目には衰弱して見えますが、心臓に異常がなければ普通に天寿を全うできますので、介護年数は長くなります。比較的低年齢で発病した脳卒中の人では、十年以上の介護も珍しくないです。毎日毎日食事の世話や排せつの世話をするので、家族の負担も大きいです」

——最近の傾向は?

「最近の傾向としては、高齢化に伴い、内科疾患以外に認知症や脊柱管狭窄症などで寝たきりになる人が増えてきましたが、脳卒中は今も昔も長患いの原因の代表的疾患で、昔なら嫁さんがさきに倒れる悲劇もありましたが、今はデイサービスやショートステイのおかげで介護者の負担も軽くなってきました」

――それは介護保険を使うのですね？

「はい、この制度を利用して介護ベッドを借りることもできますし、訪問看護師さんが床擦れの処置や排便の手助けをしてくれたり、介護保険は素晴らしいシステムだと思います」

認知症について教えて下さい

――認知症についてうかがいたいと思います。私の周りにはいないです。でも、認知症の人が多いというのは本当ですか？

「日本人は長生きするようになりました。日本人の平均寿命は男性が八十歳、女性が八十六歳です。二十年前、私が開業した時に比べ男女とも四歳も長くなりました。現在人口一億二千七百三十万人のうち六十五歳以上の割合が二十五％、認知症は三百八十万人もいます。二十年前には当院でも認知症は珍しく、家族にひとりでもいたら大問題で、まるで難病扱いでしたが、今はもの忘れの話は当たり前、さほど深刻な相談もなくなりました。それだけ増えたのですね」

——歳をとってもの忘れするのは自然なこと、認知症は気にしなくてもいいのでは？

「体の衰え以上に認知の能力が落ちてくると、そのギャップにいたたまれないことは容易に想像できますよね。もの忘れをしている自分に落胆したり、腹を立てたり、日常生活にも支障をきたすようになります。家族の方にも迷惑をかけるようになります。認知症の症状には、記憶障がいの『主症状』と、二次的に発生する『周辺症状』があり、幻視や幻覚・被害妄想・徘徊などの周辺症状のほうが問題になります」

——やっぱり迷惑をかけるのですか？

「はい、頭の中が混乱し、『お金をとられた』、『通帳がなくなった』、『家に帰りたい』……など、家族が振り回されます。悪い例ばかりあげて申し訳ありません。可愛いボケ爺さん婆さんもいらっしゃいます。ですが、現実は厳しいですね。私たち医療者の間では〈ボケは癌より怖い病〉と囁かれています。認知症は患者さん本人より家族の介護の問題ですね」

誰が高齢者を介護しているんですか

――介護の実態についてうかがいますが、どのような人が高齢者を介護しているのでしょうか?

「ある統計では、配偶者・子供・嫁の順番だそうです。松本内科の場合は同居している娘さんが介護する例が多いですね。娘さんと言っても六十歳以上、気力はあっても家族の面倒を見ながらで体力的にはギリギリかもしれません。最近、配偶者が介護する方が増えてきました。自分が高齢にもかかわらず、妻や夫を献身的にみていらっしゃる姿には本当に頭が下がります。二十四時間ヘルパーをするようなものですから心身の負担は大きく、共倒れにならないか心配しています。また、時代を反映しているのか、嫁が介護する例が減り、息子さんが実父母を介護する例が増えてきました」

――自宅で看るのはどんな苦労がありますか？

「皆様ほんとうに一生懸命やっていらっしゃるので感動しています。排せつの介助は肉体的にも精神的にも大変です。便と尿が普通にでていればひとまず安心。次に食べて寝られればほぼ問題無しです。病院ではないので病状をこまかく診る必要はありません。血圧や体温を〈バイタル〉と言いますが、これは看護師さんに任せましょう。糖尿病の方は血糖も測ってもらいましょう。症状が安定していないと自宅では無理で、入退院を繰り返すことになります」

――そんなに大変なら、自宅で看ないで老人ホームに入れたらいいじゃないですか？

「この質問はきつい！　言わずもがなと思いますが、家で過ごしたい理由はたくさんあると思います。住み慣れた家で老後を過ごしたい、家族とは離れたくない、他人に気を使いたくない……などなど。どなたも家で看てほしいとおっしゃいます」

――老人ホームと自宅で介護する違いはなんですか？

「まず老人ホームと言っても千差万別で、医師より地域のケアマネージャーに質問していただきたいのですが、私の知っている限りでは、特別養護老人ホームには入りたくても順番があってなかなか入れないし、有料老人ホームはお金がかかります。ある調査によると、健康な方は自宅で過ごせば家族と共有する部屋代や光熱費などを除き月三万円程度だそうです。医療費や介護保険をかなり使っても十七万円ですが、ホームの平均二十二万円には及びません。つまり、家の方が快適で経済的ということです」

何歳から老人ですか

――ずっと疑問に思ってきたのですが、何歳くらいからが〈老人〉なのでしょうか？

「老人の定義は難しいです。人口統計学的あるいは行政などでは六十五歳がひとつの区切りですね。生理学的には二十歳を過ぎれば体のあちこちで静かに老化現象が起きるので何歳からと線引きするのも可笑しいような気がするのですが……。それにしても老化は個人差が大きいですね。自分を老人として自覚する年齢も人によって違うようです。元気な人たちを、例えば巣鴨のとげぬき地蔵の商店街でインタビューしたら、『九十歳以上が老人』とか、『百歳になったら』とか、威勢のよい返事が返ってきそうです」

――先生の診察室の会話で「自分はもう歳をとって」というのは?

「クリニックを受診する方たちは、バイアスのかかった集団で、個人的感想になりますが、七十五歳の後期高齢者保険証をもらう頃でしょうね。区からその書類が届くと、『あー私は歳をとったのだ』とショックを隠しきれず、ため息をつく人が多いです。中には『失礼だ』と怒っている人もいますが」

――そういう制度があると、それに影響されるのでしょうか?

「それは否定できませんが、実際問題として、加齢の影響は日常生活に少しずつ出てきて、風邪を引いても一週間で治った人が一カ月でも治らないとか、ちょっとつまずいたら骨折をしたとか、若い時とは違うような状況が七十歳代後半になると頻繁になってくる印象があります」

——私の友人たちなんて、六十代から「歳をとって電車に乗れないから集まるのはもうやめにしましょう」なんて言い出した人たちがいます。先生が診ていらして、そうすると、六十代の女性は元気ですか？

「ちょうど定年を迎えた頃ですね。はい、とっても元気です。どなたも自分を老人だとおっしゃらないし、思ってもいないようです。登山をしたり、テニスをしたりゴルフをしたり、もう色々やってらっしゃいます」

——そうすると、問題は七十歳になってからということですね。体で言えば、どういうところに一番現れるのでしょうか？

「そうですね。高血圧や糖尿病を例にとると、発病は五十歳代ですが、脳梗塞を起こしたり、心筋梗塞を起こしたり、人によっては目が見えなくなったりで、余病として症状が現れるのが七十歳代ですね。内科以外では、視力が落ちる、聴力が落ちる、足腰が弱る……。このような症状を自覚するのは七十代後半、人から見てわかるのは八十歳過ぎではないですか？」

——精神面はまた別でしょうね。

「幾つになっても現役で働いてらっしゃる方もいらっしゃるし、色々な活動に参加している方も少なくないです。物事に興味関心を持ち続けるかどうかは個人差かもしれませんね。ただやりたいことが半分くらいしかできない、というような話はよく聞きます」

元気で歳を重ねるには

——元気に歳をとるためには何が大切ですか？

「何と言っても病気にならないように、予防が一番です。そして病気になっても、きちんと治療することが大切だと思います。いろいろな情報に振り回されずに、正しい知識で適正に治療するかしないかで将来が違ってきます。こんな話を聞いて、『自分の勝手でしょ』、と言われる方もいらっしゃると思います。病院が嫌い・自分の哲学がある、という方などにここで強調したいのは自分のためだけでなく、家族のためにも頑張っていただきたいと思います」

――病気になったら大きい病院に行く？

「病院の規模にかかわらず、まずは疾患で考えて、ご自分にあった主治医を探して下さい。どんな名医でも初診で全部わかるはずありません。設備が整っていることが大切か、専門医でないといけないか、時間をかけて診てくれるか、歳をとっても通院できるかなどを、考えて決めるといいでしょう」

――今おっしゃったのは体の病気ですね、認知症はどうしたらよいでしょう？

「認知症の原因というのは一つではなく、まだ解明されていないことが多いです。誤解がないようにひとこと言わせてもらえれば、認知症は老化現象に伴う脳の器質的疾患です。認知症になったからと言って、本人に責任はありません。研究段階ですので、今自分にできることを考えましょう」

――こういう家庭なら認知症になる、などとはパッとは言えないのですね？

「家庭環境で発病するという根拠はないはずです。食べ物も関係ないはずです。古い話ですが、アルミ鍋が原因といわれたこともありましたが否定されました。最近、脳のＭＲ検査で記憶領域の脳萎縮の程度を測定できるようになりました」

——それでは、予防しようがないのですか？

「いえ、経験的に、頭を使う人はボケにくいです。例えば、人をたくさん使っている会社の社長さんとか、自営業でバリバリ働いている方とか、若い人と変わりなく頭が回転していますからね。そういえば加藤先生もいつも冴えていらっしゃる！」

——うーん、逆にボケやすい人は？

「一番良くないケースは、のんびり生活しているご隠居さんでしょう。『私、大事にされています』という方のほうが認知症になりやすすのではないでしょうか。また、お嫁さんが家事を全部やってくれて、『お母さんいいのよ、休んでいて下さい！』って言われたら危ないかもしれません」

家事は認知症の予防薬

——家事は認知症の予防になるのですか？

「最近、配偶者に先立たれ一人で住んでいる方が多いですよね。一人でいるということは、朝起きてから夜寝るまでやることがいっぱいありますね。ご飯を作る・お掃除をする・洗濯をする。ですから、一人暮らしというのは認知症の予防になると思いますよ」

――それ、面白いですね。

「加藤先生、それは、もう、世の中の常識ではないでしょうか」

――いえ、私にとってはそれは常識ではないです！

「そうですか。私はもう、そういう方ばかり見たり聞いたりしているのですから、失礼しました」

――そうすると、例えば、私のように娘が働いているから、自宅と娘の家に気を配り、自分の仕事をするというのは……。

「それはすごい。一人暮らしの二倍も働いています。先生の生活は認知症予防になっていると思います」（笑）

――私は、一人暮らしが一番良くないと思っていたけれど、そうではないのですね。

「体も頭も使っていらっしゃるという状況なら、一人暮らしにもいい点があると思いますよ。ともかく人に頼らず、何でも自分でしなければならないのは良いことです」

——一人暮らしというのは、男の人ですか、女の人ですか？

「両方です。男女に関係はないです。男の人も自分でご飯を作っていらっしゃいます。中にはコンビニのお弁当を買っている人もいるとは思いますが、外に出るのは良いことですね」

——外出の効用ですか？

「家にこもっていらっしゃる方は割と認知症が早いかもしれません。ですから、外出していろんな人に会うことをおすすめします。会話して頭を活性化させないといけません。私の経験では、興味関心があって色々な所に出かけられる方は認知症にならないですね」

——そうすると、先生が高齢者に、なにかお薦めになるとすれば、「体を使え、頭を使え、外出しろ」ということですね？　他になにかアドバイスはありますか？

「自分のためだけではなく、人のために生きている方はお元気ですね。強い使命感が人を元気にしてくれます」

――人のために役立つことがよいのですか？

「とても大切です。超高齢でも『私がご飯を作らなければ一家が飢え死にする』というくらいの気概でバリバリ働いている方が私のクリニックにいらっしゃいます。とてもお元気で、私たちは本当に尊敬しています。足が不自由でも、腰が曲がっていても、夏も冬も毎日毎日買物をしていらっしゃいます」

――家族のために家事をしているのですか？

「はい、買物・料理・洗濯、帰りのおそい家族を『事故にあってないか』と気をもんで待っています。また、プライバシーの関係で詳細は言えませんが、八十三歳から八十六歳までの三年間、ご自宅で人工呼吸器を装着した奥さんの介護をしていらした男性がいらっしゃいます」

やる気がなくなると、歳をとる

「もう家で楽をさせてもらってよい年齢でも、この現役の方たちは、目つきや行動が同じ年代の人と全然違いますね。普通は歳をとると、動けなくなるし、やる気も無くなりますのにね」

――えっ！　やる気がなくなる、歳をとると？

「歳をとると何もやる気がしない。つまり気力が衰える。……これは普通だと思いますが」

――周囲にそういう人たちはいます。でもその辺り、私にはどうもピンとこないのですけど……。

「そうですか。やる気まんまんの加藤先生にはちょっと理解しがたいかもしれないですね。あるいはスタンスが違うのかもしれません。ただの職業病かもしれません。『自分は歳をとったなー』イコール『やる気がなくなった』、それは自然現象かと思っていました」

――そうすると、老人問題というのは、私は大変なことかと思っていましたが、先生からみるとそんなに特別なことではないのですね。

「はい、患者さんの一人ひとりをみれば、生理学的でナチュラルな経過と思います。寝たきりにならないようにはどうしたらよいのかということを、真剣に考えなくてはならないでしょう」

——介護予防について、先生個人で何か提案がおありでしょうか？

「松本内科では五年前から、毎週日曜日に介護予防教室というのをやっています。介護予防教室では、今は元気だが将来の寝たきりを予防するものです。難しいことはしません。笑ったり、歌ったり、ヨガをしたりです。さらに希望者には転倒防止の運動を指導します。まだ少人数ですが好評で続いています。将来、人の世話になりたくないという意識を持っている方はぜひ参加していただきたいと思います。高齢者にやる気をだして引きこもりを防ぐ効果が大きいと思います」

——老人の引きこもり？

「外に出なくなってしまうことです。加藤先生はそういう人はあまり見たり聞いたりはしないですか？」

——はい。

「まだ歩く能力があるのに活動が少ないと、下肢筋力が低下し本当に歩けなくなります。寝たきりになり、たくさんの人の手が必要になってきます」

――引きこもりになるというのは、心理的な面が大きいのですか？

「そうですね。体が思うように動かず、『あー、私はもう駄目だ』というふうに思い、外にも出なくなります。小学生の引きこもりとは原因が違いますが、現象は同じですね。中にはうつ病の方もいらっしゃると思います」

――体の病気、認知症、寝たきり、その上「引きこもり」ですか？

「はい、でも諦めないで何か予防法を考えましょう。私は最近、外出の少ない高齢者の方に来てもらい、ボランティアの若者に体験談を話してもらうという企画を考えています。話すことで認知症を予防し、若いころの戦争体験は資料として保存し、若者には歴史の勉強になるのではないか、一石三鳥を狙っています。さて、うまくいきますことやら。死ぬ直前まで元気でいたいけれど、老化現象を進行させないためには、ある程度努力や創意工夫も必要ですね」

「私も、歳だわ」と認めさせたがっている女性の友人たちとは反対に、私の「書き方教室の受講生たちや昔の教え子たちは、「加藤先生はすごい！　不死身です」などと言ってくれる。

だが、それもまったく違っている。私は丈夫ではない。むしろ、弱い方だ。だからかなり用心しているのと、すでにお名前を出した先生方の他に、名医がいて下さるからなのだ。

比企能樹先生、八十川要平先生、鈴木千雄先生、中熊尊士先生、水谷一彌先生たちが、その時々で松本先生のように適切な助言を下さるという幸運に恵まれているからなのだ。

私の〝高齢者〟に関する認識は、他の人たちとはずいぶん異なっていたようだ。ただし「もう歳だからできない」ではなく、歳を重ねながらも、常に「どうしたらやり続けられるか」を私なりのやり方で貫き通したいと思っている。

まず人は、よく生きなければならない

私自身はキリスト教徒ではないのだが、上智大学のキャンパスにあるＳＪハウスという建物には、人間的魅力に溢れた神父様たちが、たくさん住んでおられた。だから学生も私たち教師たちも自由に彼らとお話ができるのだ。

私もフランス語学科のベジノ先生をはじめ何人もの先生方と親しくおしゃべりをしたが、その中のお一人、ドイツ人のアルフォンス・デーケン先生からうかがったお話は、今でも忘れられない。

彼は「死の哲学」で有名な先生だった。

人間にとって、一番つらいことはなんだろうか？

一つは、父母や兄弟姉妹など、身近な人の死に直面すること。そして、もう一つは、自分自身の〝死〟である。

そんな中で、デーケン先生は、愛する人を失った人たちは、どのようなプロセスをたどって死を受け入れるかという十二段階のモデルを提唱されている。

1、精神的打撃と麻痺状態
2、否認（死を認めない）
3、パニック（でも、認めざるをえない）
4、怒りと不当惑（なぜ自分だけが、こんな不幸に）
5、敵意と恨み
6、罪意識（私のせいかも知れないという自責）
7、空想形成・幻想
8、孤独感と抑うつ
9、精神的混乱とアパシー（無関心）
10、あきらめ——受容
11、新しい希望

12、立ち直りの段階

この十二のプロセスをたどって、私たちは愛する人の死と向かい合い、時間をかけて受け入れているのだ。

死は、誰にでも必ずやってくる。だからといって、ただ悲しみながら死を待つのではなく、そのときを「有意義に過ごすための教育が必要だ」と、先生はおっしゃる。

「人間は自分なりの生を全うしなければならない」と同時に、「自分なりの死をも全うしなければならない」。その意味で、「死の哲学」とは、「生の哲学」でもあるのだ。

デーケン先生は、そうした意味で「死の哲学」あるいは「死への準備教育」が必要であるとおっしゃる。

自らの死に対しても肉体的な衰弱は人間も動物も同じだが、人間はその衰弱の中でも精神的にも人格的にも成長し続けることができるのだ。

だからこそ最後の瞬間まで精一杯生き続けなければならないのだ。

デーケン先生は、三十七歳でナチスによって処刑された、ドイツ人神父のアルフレッド・デルプ先生の言葉を教えて下さった。

「もし、一人の人間によって、少しでも多くの愛と平和、光と真実が世にもたらされたなら、その一生には意味があったのである」

この言葉の一言一言が、今も私の胸に残っている。

人間は、どれほど長く生きたかが重要なのでなく、どれほど一生懸命生きたかが大切なのだ。

デーケン先生もまた、私にとっての〝その人〟だった。

私の身の回りの死から考えたこと

「死ぬって、全然わからない。猫の死んだのしかみたことがない」

と、親戚の男の子が発言したとき、私は（あっ）と思った。

おそらく十二、三歳の彼の年齢の頃、私たちの周囲には〝死〟が日常的に溢れていた。

「ギリシャ・ローマから、世界史の勉強をしなさい」

と、参考文献を〝敵性語〟の英語で黒板一面に書いた女学校時代の千葉先生。憲兵隊員に見つかったら連行されるようなことを、「真理とは？」を念頭に私たち女学生に教えて下さった若い男性教師。彼は腸チフスで、間もなく亡くなった。級友の一人も、同じ病気で死んだ。

そして、毎晩のＢ‐29による空襲。ゲートルを脚に巻いたまま眠り、警戒警報が不気味な音を夜空に響かせると、ガバッと起きて、庭の防空壕へ走る。級友二人が、爆弾で命を奪われた。

〝死〟は、私たちのごく身近にあったものだった。

（明日の夜は、自分の番かもしれない）

と、私だけではなく、多くの人たちが感じていたのではないだろうか。

敗戦後、あの不気味なサイレンの音は、夜空にまったく響かなくなった。

「死」は、日常の生活から遠ざかって行った。それと、直接の何らかの関係をもった人を除いては。

でも、こころの奥底では、人々は知っている。

「死」は、誰にでも訪れる。自分もやがては死ぬのであろうと。

世間一般としては、興味のあるテーマであるらしく、本だけでなく、雑誌や新聞にも度々記事で取り上げられるし、アンケートなどもする。

手許にあった朝日新聞の「人生の最期は自宅で迎えたい？」アンケート、二〇〇一年十二月三日によると、「はい」が五十パーセント、「いいえ」が五十パーセントと、同数である。

「はい」と答えた人の理由は、「最期は自分のペースで過ごしたい」（千百四人）、「家族とともにいたい」（九百七十九人）、「延命治療など意に沿わない医療は嫌」（八百七十人）、「自宅や自室に思い入れがある」（七百四十五人）、「病院・病室が嫌い」（三百七十一人）、「親などを自宅でみとってよかった体験がある」（百十六人）である。

一方、「いいえ」と答えた人々の理由は、以下である。

「家族に負担をかけたくない」（千三百五十三人）、「最後まで医療機関で診療を受けたい」（三百九十人）、「自宅に思い入れがない」（二百三十四人）、「家族・同居人がいない」（百四十一人）、「自宅以外にふさわしい場所がある」（百十五人）、「家族以外にみとってほしい人がいる」（十二人）。

この「いいえ」と答えた人だが、では、「どこで最期を迎えたい？」と考えているかというと、以下である。

「病院」（八百八十六人）、「場所にはこだわらない」（七百六十人）、「ホスピス」

（四百五人）、「特養などの福祉施設」（百七十三人）、「有料老人ホーム」（百十三人）、「思い出の場所」（八十九人）となっている。

私は、自分の家では絶対に死にたくない。

まず、娘たち夫婦に負担をかけたくない。と同時に、〝死の部屋〟そのものに、恐怖感を感じる。

例えば、親族なり親しい友なりが、自分の家なり、子供の家なりのある一室で死んだとする。そうすると、私はその部屋には近づけない。

（ああ、この部屋で……）

と思うと、足が竦んでしまう。怖さというか、思い出の積み重なりのようなものに襲われて、その部屋へふつうの思いで足を踏み入れることはできない。

私の死後、家や部屋を自由に使ってもらいたい。（ここでママは……）（祖母は……）という記憶は残したくないのである。

では、先にあげたアンケート風に「どこで死にたいのか？」と聞かれるなら、短期の入院で済むのなら、日頃から信頼しているお医者様たちの中のどなたかの病院で死にたい。胃ろうその他の延命治療は一切不要である。

いつ死んでもかまわない、というような気持ちがどこかにある。

一つには、戦争で亡くなった方たちへの思い、そして、私の親族が短命だったこともあるのだろう。父は四十九歳、母は六十六歳、主人は六十三歳、上の弟は六十八歳で死んだ。下の弟と私だけが、八十路にまぎれ込んでいる。申し訳ないような気持ちが、どこかにあるのかもしれない。

もう一つは、何やら雑多な思いがあるからなのかもしれない。

ケルトの伝説で〝再生〟が度々出てくる。老いた熊が疲れ果て、洞窟で死ぬと、魂はその体を離れて、別な生き物の中に生まれ入ったりする。川を元気に泳ぐ若鮭とか。

カリフォルニア大学のバークリー校の学生だったとき、チベット語の授業をとったことがある。大学院生だった私は、フルタイムの学生と同時にフルタイムのメイドだったが、B平均を割ると日本へ強制送還になるのだった。B平均を維持するのは、ひどく難しい。ナカムラ先生という二世の先生が、

「私のチベット語をとりなさい。日本語ができれば、やさしいですよ」

と言って下さった。

生徒は、私だけ。誰もいないと、コースそのものがつぶれるので、双方の〝利害〟が一致したことになる。

だが、日本語がわかればよい、などというものではなかった。カタカナに似た字はあったが、他の字は違い、発音も違い、苦労した。テキストは仏教色が濃いもので、狐だったかが、人を助けるために狼に殺されるのだが、魂は抜け出て、生まれたばかりの別な狐に入るというような話だった。

それから、〝浄土〟が、西か東かわからないが、どこかにあるような気もしているのだ。そこでは、此の世の苦難もすべて消えているような。

また、「天にましします神」の許に置いて頂けるというようなことはないだろうか？

「無」であるというのなら、それもいいだろう。さっぱりしている。

というように、雑多なのだ。

死は向こうから来るものだし、それがいつ来てもよい。というのが結論なのだろうか。だが、「安楽死」や「尊厳死」という方法もあるらしい。

余命半年と宣言された末期癌の二十九歳のアメリカ人女性が、オレゴン州の自宅で、医師から処方された薬を飲んで安らかに死んだ例は、大きな話題となった。

このように、回復しないとわかっている人の死期を、医師が薬などで早めるのを、「安楽死」と定義しているらしい。一方、本人の意思を尊重して、延命治療を医師が止めて死に至るのが、「尊厳死」のようである。それぞれにまた様々な考え方や規則があるらしいが、どちらにしても、病人本人の意思に関係している。

ただ、どの国でも、全面的に「安楽死」を認めているわけではないらしい。アメリカ合衆国では、オレゴン州、ワシントン州などのごく少数の州、カナダ、アルバニア、コロンビア、スイス、ベルギー、オランダでも、それぞれの規則があるらしい。

ただ、このシステムのよいところは、「生」と「死」を真っ正面から見直すということだ。例えば一度、「安楽死」を選択した人が、その執行の日に、「生」を選択するということもあるという。やはり「死」を自らの意思で決断するということには、まだまだ難しい問題が残されているようだ。

自分ではいつ死んでもよいなどと言っているが、やはり、若い人や友だちに死なれるのは本当に淋しい。

教え子・藤巻幸夫の死

上智でのフランス語の教え子の一人が亡くなった。藤巻幸夫である。伊勢丹、福助の社長等々、種々の職につき、最期は国会議員も務めた。

実によい学生だった。ただし、答案は実に汚かった。4Bのエンピツでびっしりと太く黒く書き、その上から洋服の袖でこすったのではないかと思われるほど読み難い。点数は、しかし、ほとんど満点だった。試験の時は、自分の答案はさっさと提出するのだが、帰らない。一番後ろにすわって、カンニングなどする学生がいないか見張っている。

「お前たち、もう少し離れてすわれ」

など、懸命に私を助けてくれるのだ。伊勢丹へ入り、婦人服担当になると、「先生、洋服買ってあげますよ、何でも」などと言ってくれた。私は、姑や母、義姉たちのお古をたくさんもっているので必要ない。

「じゃあ、他のもの何でも……」

と、彼はどこまでもやさしい。結婚式には私を〝大学の恩師〟として招いてくれた。

二〇〇五年のことだったが、当時、阪急コミュニケーションズの出版部長をしていた教え子の堀井が、私の英語の本を出してくれるという。担当は、すでにお世話になってきた笠原仁子元ジャパンタイムズ出版部長。彼女は教え子ではなかったが、上智の卒業生だった。二人は、オビは断然藤巻に書いてもらうと言う。こうして、オール上智の『直読英語の技術』と題する本が出版された。

白の表紙に、黄色のオビ。とんでもなく大きなオビで、黒の背広に、赤いストライプ入りのシャツを着た藤巻が大きく笑っている。「大学時代の恩師加藤先生から教わったすべてがここにある」と始まる文章より、最も強烈なのは、彼の写真。「(株)ＩＹＧ生活デザイン研究所代表取締役社長兼(株)イトーヨーカ堂取締執行役員衣料事業部長」と、また肩書が変わっている。

「先生、藤巻が本を出しましたよ！」

と、表紙だけ見て、私に電話してきた卒業生もいた。

その藤巻に死なれてしまった時の衝撃。なぜ、「先生、僕、一生〝先生孝行〟しますからね」

なんて、嘘をついた！　と毎日悲しく腹を立てていた。

でも、短い間に、あれだけの〝先生孝行〟をしてくれた彼は、私にとっては、やはり大切な〝その人〟だったのだと、今となっては感謝している。

その時間としては、けっして長いとはいえなかった人生だったが、彼もまた最期まで「よく生きる」を貫いた一人だった。

学友・深町幸男の死

友だちが次々と世を去るのも、本当に悲しいものだ。日本女子大付属高女のクラスメートや、故佐藤輝夫先生のゼミで一緒だった女性たちと同人誌を作り、その同人の一人だった戸田さん。早稲田の級友たちも、かなりの人数が世を去った。

早稲田といえば、小学校から私立の女子校生だった私にとっては、初めての共学だった。映画館などで、見知らぬ男性たちに囲まれることはあっても、こちらは同級生たちである。同じコースを取り、四年間一緒に勉強しなければならない。七、八十人はびっしりすわっている大教室で、前後左右を男性たちに囲まれるのは初体験だった。怖くて、震えそうだった。

ずっと前方には、女子学生が一人だけ。そんな中で何人かが声をかけてくれた。こちらはかしこまって、短い返事をしたものだった。

その中で、おしゃべりをしてくれたのは、深町幸男と石尾三治。二人はいつも一緒だった。深町さんは、「将来は映画監督になるんだ」と言っていた。石尾さんは、シナリオライターだそうだ。いつだったか、おしゃべりの途中で、

「ちょっとごめんなさい。お手洗いにいってきます」

と言ったら、深町さんが

「君、男たちの前で、〝お手洗い〟などという言葉を使うな！」

と叱りつける口調で言った。

「え？　じゃ、なんて言えばいいの？」

「『ちょっと失礼します』だけでいいんだ」

彼は〝お恭〟とか、〝お恭ちゃん〟と私を呼び、上からの目線でお説教などをしてくれた。石尾さんはおとなしく、やさしかった。

アメリカから帰って、あまりの忙しさに何年か音信不通だったが、しばらくしてから電話をかけてみると、

「俺、有名な演出家になったんだよ」

と言う。映画も、ニュース以外のテレビも見ない私は半信半疑で、

「へえー、どういう作品を作っているの？」

と訊ねてみると、

「例えば、テレビの『夢千代日記』を見てくれよ」

と言われ、その作品の放映時間を新聞で調べ、見た。びっくり！　これは、彼の作ったものとは思えない！

この作品のもつ悲しさ、哀切さ、しっとりとした細やかさは、何でも大ざっぱで、前向きな彼とは全然違う。そのままを電話で言うと、

「お恭ちゃんがそう言うなら、あの作品は成功だな」

と彼は言った。

夫の加藤淑裕は、一九八八年に、食道癌で死去した。その思い出を綴る『伴侶の死』を翌年に春秋社から出して頂くと、深町さんは電話をくれた。

「いつかこれをテレビドラマにしてあげるよ。夫を失った女が、夫の友人たちを訪ね歩き、『彼はどういう人間だったのでしょう？』と質問する。その発想が面白い」

と言ってくれた。

その深町さんが二〇一四年六月二十一日に死んでしまった。

「でも、深町さん、あなたは作ってくれなかったじゃない！　そんな時間は、あなたの人生には残されていなかったのね。でも、ありがとう。やさしいことを言ってくれて」

「どうして死んじゃったの？　ひどいじゃない！　お酒を飲みすぎたり、不摂生をしたんでしょ！」

と、グチは次々と出てくる。

十月五日の十七時から十九時、ＮＨＫ千代田放送会館で、ＮＨＫがお別れの会をして下さるとおしらせがきた。

クラスでも人気者だった深町さんの追悼式。何十年ぶりの級友たちに会えると思って行ってみると、石尾さんと元電通の吉武敏雄さんと私の三人だけだった。あとはＮＨＫと芸能界の方たちばかりで、〝早稲田の三人〟の淋しさは胸にこたえ、

「私たちだけなのね」

とは言えなかった。

多くの級友たちが、八十も半ばとなった今では、亡くなったり、病気だったり、または他の事情で外出できないのだろう。

友が一人減り、二人減り、周囲から消えていく喪失感。（そうだ、彼に電話して聞いてみよう）とふと思いつき、電話帳を手に取ってみると、（あ、彼はもういないんだ）と気づくときの寂寥感。

「こうして、人間は独りになって行くのだな」、という孤独感とでもいう重苦しい感覚が一気に押し寄せてきた。

私には、新たな友がここにいた

ところが、土曜日になった。

本やノートの入った重いバッグと財布などの入ったバッグを肩からかけ、私は午前中に大宮の家を出る。ＪＲを乗りついで四ッ谷駅へ。近くのレストランで昼食を済ませ、なつかしい上智大学へ。

今学期の「書き方講座」は、九号館の二階の教室で行われている。九号館と一号館は、フランス語教師時代に最も使った建物だ。一時半から三時半の講義だが、質問その他で、その後も続く。

深町さんの追悼会から六日後のその日、私はうつむきがちに教壇へ上った。机の後ろで頭を黙って下げ、顔を上げてみると、教室内の前後左右にすわっている受講生たちの姿が目に飛び込んできた。

私は、（あっ）と思った。

もちろん、当然である。三十代から七十代くらいの男女の方たちが、私の講義を聞きに教室にすわり、私は講義をするために教壇に上ったのだから。何十人かの人々を見下ろす形になるのは、当然な話である。

だが、この人たちは、自主講義の受講生であるだけではない。十年も受け続けて下さっている方たち……お互いにいろいろ知り合っている方たち……何でも気軽に話し合える方たち……そう、この方たちは、私の〝友だち〟だったのだ。

友だちが次々にいなくなってしまうと、嘆くべきではない。別な友人たちが、本当にありがたいことに、私を囲んでくださるのだ。そして、考えてみると、それはまさに、十五年前の松本ひとみさんの「嘆願書に署名を……」の一言から始まったのだった。

今となっても、これだけの〝友人たち〟が、私の周囲を取り囲んでいて下さる。この幸運を、私は松本さんに感謝しなければならないのだ。定年退職後の、周囲にあまり人のいない生活。そうなるはずであった私の〝残りの人生〟を、大きく変えて下さった、まさに〝その人〟だったのだ。

心のどこかで、いつも〝オクニノタメニ〟と考えていることはすでに述べてきた。私たちの育った時代、そして私自身の一人の女性としての育ち方、外国での経験、その他もろもろのことが混然として、そういう考え方になってしまったのだろう。

二〇一三年に中央公論新社から出して頂いた本の題を、『MUSTの人生』として下さったのは、長年信頼してきた松室徹氏だったが、私自身、（なるほど）と思ってしまった。

この〝MUST〟がすっと抜けたら、人生どんなに気軽になるか分からないが、そうはいかないところが、〝個性〟というものなのだろうか。最期まで、すべての面で、それを置く覚悟である。


「人間いかに老いて死ぬか」について、作家の曽野綾子氏と医師の近藤誠氏の対談集『野垂れ死にの覚悟』（KKベストセラーズ）の中で、曽野氏は「生き方は多少自由になる。でも死に方は自由にならない。いかに老いて死ぬか、全責任はその人にあります」と述べていた。まさに、その通りである。

私自身がもっとも力を入れてきたのは、フランス語の教育や「ノンフィクションの書き方講座」の受講生を育てること、自身の著作と家族の手伝いであった。

娘夫婦と二世帯住宅を建てたが、大企業の部長になった婿は猛烈サラリーマンで、夜は遅くほとんど顔を合わせたこともない。娘も国立大学大学院教授で、学生たちの指導、研究、種々の行事に忙殺されている。小さかった孫も大学を卒業して、留学中。こうなるとわが家の家事で手伝うべきことはたくさんある。

まだまだ、とても「もう歳なので……」などと言っている暇もない。それでいい。これこそが自分らしい生き方だと、実は満足しているのである。

私の遺言

「遺書だけは書いておかなければいけないいな」と思うことがある。

これは、「何をどうしてくれ」というのではなく、自分のささやか人生の中心でかかわりのあった方々への感謝の手紙である。すでに故人となられた方も多いのだが、そんなことは関係ない。

フランス文学では、故佐藤輝夫先生、故新庄嘉章先生、ラ・デュ先生、カナー先生、ベジノ先生などなど、日本、アメリカ、フランスで教えて頂いた先生方、その三カ国で、いろいろな助けの手をさしのべて下さった方々。親族の人たち、親しい、または親しかった友人たち、その他、いろいろな場でお世話になった方たちに対して。

フランス文学とは違う場の仕事で最もお世話になったのは、編集者の方々だった。

毎日新聞の出版部長だった深瀬正頼氏が一九九一年に出して下さった『モーゼスおばあさんを世に出すまで――編集者たちの光景』にくわしく書いたのだが、私が最初におめにかかった出版関係者は、中央公論社の宮本信太郎常務だった。この方が、『婦人公論』の編集次長の澤地久枝さんを紹介して下さった。後に高名な作家となる澤地さんは、私に三十枚ほどのフランス留学記を書かせ、それの指導をして下さった。

「ここがねえ」と、一枚一枚めくりながら批評して下さったのだが、ではどう直せばよいかまで、自然にわかる。（凄い人だ）と私は思った。一九六二年のことだった。それが『婦人公論』にのってから、最初の本『青春に悔いなし――学生夫婦留学記』は、五味川純平先生の関係で、一九六五年に三一書房から出して頂いた。これも、澤地さんが五味川先生を動かして下さったおかげだった。それから、次から次へと、種々の出版社の編集者の方たちの知己を得て、書き続けることができた。

編集者の方々は、自分より、どんなに若くても、〝私の先生〟なのである。今までに、どれだけその方たちから教えられ、勉強になったかわからない。この方たちのお一人お一人にも、〝遺言〟を書いておかなければいけないと思っている。ところが、実のところ、まだ一行も書いていない。

なぜか？　それは、現在の私にとって、何か、そろそろ「終活」のときかな？

などと思う余裕がないからだ。

でも、もしその時が来たら、それぞれの方たちに書いている時間がないかもしれない。まとめて、

「ありがとうございました」

で終えることになってしまうかもしれないな、などと考えている。


現在八十八歳の私が、あと何年生きられるかはまったくわからない。ただ自分では、百歳まではこのままだろう、などと考えているのである。〝オクニノタメニ〟を目指して、雑文も書き、教壇にも立つ。

ひとつの、小さな自信がある。

五十歳だった頃の自分と、八十代の今と、何か違っていることがあるだろうか？

駅の階段などを走り上がる速度も変わらないし、重い物を持ち上げたりする力も変わらない。火曜日と金曜日は、〝燃えるゴミの日〟なのだが、食物のカスなども、四十五リットル入りの大きなビニール袋に入れ、百五十メートルほど離れた中学校の塀の前に置かれた大きなカゴの中に入れる。毎朝四人分のジュースを作っているので、それだけでも野菜や果物の皮やカスはかなりの量になる。娘たちの二袋と私の分の二袋、計四袋をそこへ運ぶ。持ち上げるだけでも重い袋を四つ、車輪つきの買い物運び機を改良したものにのせて運ぶ。

その他の労働も、何十年もの間、自然に続けているのだ。だから、

「もう歳ねえ」

などという言葉は、出るはずもないのだ。

文章を書いたり、勉強もしているが、近年、もっと勉強をしたくなった。

セントルイスのワシントン大学の博士課程に入ったとき、「この大学の文学部では、一カ国語の文学だけなどという狭い勉強方法は許しません。主をフランス文学、従をスペイン文学になさい」と指摘された。

「でも、私、スペイン語はできません」

「これから勉強すればよいのです」

その上、ドイツ語とラテン語の試験も受けなくてはならないというのだ。呆然とした記憶がある。でも、周囲のアメリカ人の学生たちは、不平も言わず、黙々と取り組んでいた。仕方なしに、私もテキストを買ったものだ。

でも今になって、（ラテン語をもっと勉強しようかしら？）などと考えている。

日本という、実にいろいろな意味で恵まれた国に生を受けた者は、自分の子供たち孫たちをしっかり育てなければならない。そして、〝開発途上国〟と呼ばれている土地に育つ子供たちにも何か手を差し伸べることはできないか、その子供たちも、また、将来〝貢献の輪〟に加わってくれるために、である。

世界のあちらこちらで異国を見る機会を与えられた私は、日本に生を受けたことを改めて感謝し、「勉強しよう」と誓うのだ。

それが、私に〝生〟を与えてくれた人々への感謝であり、天に向かっての祈りでもある。

あとがき

五十歳を過ぎた頃からだっただろうか。友だちを中心とした女性たちから、「もう歳ねえ」「できないことが多くなったわね、歳ですもの」に類した言葉をよく聞くようになったのは。

その度に私は違和感を感じ、反論したりしたものだった。

「でも、あなたももうすぐわかるわよ。だって、老人になりつつあるんだから」

と、彼女たちは言う。

私は、知識としては自分の歳を知っている。八十八歳である。だが、それを〝老人〟のしるしとしては、まったく捉えていない。

何十年前と同じ量の仕事をこなし、重いバッグを肩からかけて、駅の階段を走り上がる。

「ノンフィクションの書き方講座」も二十三年目に入り、教壇に立って講義するのも、フランス語講師の頃と同じ。声も大きい。

自らの半生を振り返りながら綴ったこの一冊は、自分の人生を思い出させてくれる。そして、私の人生の流れの中で、手を差しのべて下さった方々――〝その人〟たちへの感謝が湧いてきた。

私は、これからも、自分のやりたいこと、人のためにできることのために、愚直に進んで行きたい。時にはつまずいたり、転んだりすることがあっても、それは決して年齢のせいではない！

お世話になった多くの方たちの中から、わずかではあるがお名前をあげさせていただくと、松本都恵子先生、河原保裕先生、土田覚先生、松本ひとみ様、桜井悦子様、秋元ゆき子様、そして、出版芸術社の皆様に対し、心から御礼を申し上げるしだいである。

本当に、ありがとうございました。

二〇一七年八月

加藤恭子

主な参考・引用文献

井上孝・渡辺真知子編著『首都圏の高齢化』（原書房　二〇一四年）

岡本祐三『高齢者医療と福祉』（岩波新書　一九九六年）

沖藤典子「最後までわが家で暮らすためにやっておくこと」（『清流』二〇一五年六月号）所収

金子勇『高齢社会　何がどう変わるか』（講談社現代新書　一九九五年）

姜尚中「メディアラボ　次世代へ魂を相続させること」「朝日新聞」（朝日新聞社　二〇一五年二月二〇日）所収

小崎敏男・永瀬伸子編著『人口高齢化と労働政策』（原書房　二〇一四年）

『コミュニティ』（一般財団法人第一生命財団発行　二〇一四年一五三号）

篠田桃紅『一〇三歳になってわかったこと――一生一人でも面白い』（幻冬舎　二〇一五年）

曽野綾子・近藤誠『野垂れ死にの覚悟』（ＫＫベストセラーズ　二〇一四年）
外山滋比古「元気のひみつ」「朝日新聞」（朝日新聞社　二〇一四年三月一日）所収
日本戦没学生記念会編　新版『きけ　わだつみのこえ』（岩波文庫　二〇〇五年　第十八刷）所収
「be between　読者とつくる　人生の最期は自宅で迎えたい？」「朝日新聞」（朝日新聞社　二〇一一年十二月三日）所収
本田由紀編『現代社会論――社会学で探る私たちの生き方』（有斐閣　二〇一五年）
三井美奈『安楽死のできる国』（新潮新書　二〇〇三年）
読売新聞「認知症」取材班著『認知症　明日へのヒント』（中央公論新社　二〇一四年）
和田秀樹『75歳現役社会論――老年医学をもとに』（ＮＨＫブックス　一九九七年）
「座談会　人口減少社会と地域の役割」『コミュニティ』（一般財団法人第一生命財団発行　二〇一四年）

加藤恭子（かとう・きょうこ）

中世フランス文学者、エッセイスト、ノンフィクション作家。

一九二九年、東京生まれ。早稲田大学大学院仏文科博士課程満期退学。ワシントン大学研究助手、一九六五～七二年、マサチューセッツ大学特別研究員。一九七三年より上智大学講師を経て、一九九五年同大学コミュニティ・カレッジ講師。地域社会研究所理事を務める。現在、第一生命財団顧問、「加藤恭子のノンフィクションの書き方講座」講師。

主な著書に『日本を愛した科学者 スタンレー・ベネットの生涯』（ジャパンタイムズ／日本エッセイストクラブ賞）、『ヨーロッパ心の旅 異文化への道しるべ』（共著 原書房／ヨゼフ・ロゲンドルフ賞）、「昭和天皇『謝罪詔勅草稿』の発見」（文藝春秋読者賞受賞）のほか、『伴侶の死』（春秋社、文春文庫）、『私は日本のここが好き！』（編著 出窓社）、『言葉で戦う技術』（文藝春秋）、など多数。

歳のことなど忘れなさい。
いつまでも自分らしく生きるために

発行日　平成二十九年九月二十九日　第一刷発行

著　者　加藤恭子
発行者　松岡　綾
発行所　株式会社　出版芸術社
東京都千代田区九段北一－一五－一五　瑞鳥ビル五階
郵便番号　一〇二－〇〇七三
電　話　〇三－三二六三－〇〇一七
ＦＡＸ　〇三－三二六三－〇〇一八
http://www.spng.jp

印刷・製本　中央精版印刷株式会社

落丁・乱丁本は、送料小社負担でお取替えいたします。

ISBN978-4-88293-502-5 C0095